「超」怖い話 亥《い》

加藤 一 編著

竹書房文庫

※本書に登場する人物名は、様々な事情を考慮してすべて仮名にしてあります。また、作中に登場する体験者の記憶と体験当時の世相を鑑み、極力当時の様相を再現するよう心がけています。現代においては若干耳慣れない言葉・表記が登場する場合がありますが、これらは差別・侮蔑を意図する考えに基づくものではありません。

彫刻　平野太一
ドローイング　担木目鱈

巻頭言

加藤 一

怪異は死せる者達の遺言であり、彼岸からの訴えである。

怪談の主人公たる人々――かつては生きていた人々は、既に此岸を離れ彼岸の人となっている。一部の例外を除けば、怪談はそういう前提の体験談から掬《すく》い出される。

実話怪談を実話怪談たらしめるのは、体験者の存在である。体験者は、少なくとも怪談を掬い取る者達――我等に出会う以前の出来事を語る瞬間までは、間違いなく生きて存在している。その伝は時に生々しく、時に時代を映す。

歌は世に連れ、世は歌に連れという言葉にあるように、時代時代で歌われるラブソングはその時代の最先端の日常を織り込んでおり、正に生き生きとその時代の誰かの生き様を描く。恐らく、実話怪談もこれと同様なのではないか、と思うときがある。ある時代の生き様、当たり前の暮らし、ライフスタイル、流行、人々の生き生きとした有り様。それが断絶された刹那《せつな》から始まる、闇に潜む生き様を書き留めたものが実話怪談である。

故に、思いを馳せていただきたい。彼岸からの伝言に。

本書は、平成最後の「超」怖い話である。噛みしめていただきたい。

目次

巻頭言 3
あかんでー 6
異物混入 8
居残りセキュリティ 11
選択 15
忌み家 22
暗い日曜日 32
雪の日 37

42 暖機運転
53 イエローハウス
69 残党
84 サブマリン
94 ブレイク俳優
100 手遅れ
110 通り道
117 排水口
120 お客三景
143 できとっとよ
148 自己責任
156 当然の理由
162 山の話
168 カシンワトゥィ
204 あーっ！　お客様！　困ります！
210 捻じれ
220 あとがき

あかんでー

安斉さんが勤める会社はそこそこ大きい。

専務以上になると専用の部屋を与えられる。

その中の、常務の部屋には会社で一番立派な神棚があった。

こういうものは会社の中央や会長室、社長室などにあるのが普通だろう。

疑問に思った安斉さんが古株の上司に質問したところ、ニッコリ笑って教えてくれた。

「常務の部屋に神棚があると、常務が死なん」

訳が分からない。

聞き返すと詳細を話してくれた。

何でも、常務の部屋から神棚を撤去すると、そのときの常務が死んでしまうと言うのだ。

いつから神棚があったのか分からない。

当然、歴代の常務の中には無神論者がいる。

昇格してすぐ「(この部屋に神棚は)不必要だ。さっさと片付けろ」と撤去させた人間が数人いたらしい。

その度に、その命令を下した当人——そのときの常務が死んだ。

「事故死、自殺、病気、いろいろあるげな」

上司は笑う。だから常務の部屋の神棚は動かせないのだ、と。

後に自社ビルが新しくなった際、いの一番に常務の部屋には神棚が設置された。

移転時の会長命令だった。常務が死なないように、との措置である。

他の役職の部屋はどうなのかと訊ねても、一切そんなことはないらしい。

本当に常務の部屋に限るようだ。

「それだで、常務に昇進した者には〈神棚を動かしたらあかんでー〉と毎回直で教えとるらしいぞ。会長が」

何故常務の部屋だけに起こるのか、誰にも分からない。

「分かるとすれば、創設者くりゃーなものだろう」

上司はニンマリ笑った。

異物混入

某所に食品工場がある。

クリーンルーム内に生産ラインがあるほど、異物の混入に厳しい。

例えば、ベルトコンベア上を流れる製品に対し、通常のセンサーとカメラ付きセンサー等を併用して万全を期す。

このカメラ付きセンサーというのは様々なエラーを検出可能なのだ。

同梱される小袋の有無。シュリンク破け。梱包数。容器の汚れなど多岐に亘る。

もちろん最終的には人間の目でもチェックするのだが。


この工場の技術者が言う。

「稀にこのカメラセンサーに変なものが映り込んで、反応し、ラインが止まってしまう」

一体何が映るのだろう。

氏曰く「我々は妖精さんと呼んでいる」らしい。

妖精とは、あの羽の生えた少女のような姿のものか。

「違いますね。何て言うんだろう。宙に浮くでっかいゾウリムシというか、物によってはマクロファージというか。そういう有機的な形状をしています」

検出されたそれは半透明で、向こう側が透けている。そして動く。

ただし、カメラには映るが、直の目視はできない。

ラインへ飛んでいって調べても、該当する異物が見つからないのだ。

このまま問題なしと流す訳にはいかないので、製品は一応廃棄される。

だから〈妖精さんが混入したかもしれない製品〉は流通することはない。

安心、安全である。


〈センサーに写って、人の目には映らない。謎の存在〉

何を持って妖精さんと名付けたのか。名付け親が誰か分からないが、いつしか定着した。

データはどうしているのだろうか。

「ああ、残しても意味がないので消していますね」

妖精さんが現れるのは年に十回程度だが、残す意味はないと判断されている。

「カメラセンサーに反応する訳ですから、物質であると考えられます。でも、それが肉眼では見えないし、手などでは触れられないから……」

やはり正体不明ですと、訝しげな顔になった。

異物混入が問いただされる昨今。

日本の工場は何処も細心の注意で様々なことと戦っている。

居残りセキュリティ

黒根さんは歯科技工士になった最初の年に、愛知県内でも有数の大きな歯科医院に入社した。院の建物は、歯科ではない別の病院の寮だった施設を流用していた。外科内科と歯科では必要な機材や診察室のレイアウトなども違ってくるので、診療室などは歯科向けにリフォームされているのだが、ロッカー、更衣室や事務室など患者が入らないエリアはそのまま、謂わば居抜きの形で利用されている。

勤め始めて最初に教わったのは院のセキュリティについて。歯科用の治療機材は決して安いものではないし、患者のカルテから貴重品、重要品の保安は重要だ。

事務員や先輩が残っているなら、先上がりのヒラ技工士には関係ない話であるはずなのだが、個々の作業の都合で誰が最後まで居残り残業になるかなど事前に分かる話でもないので、スタッフは誰でもクロージングとセキュリティのセットを一人でもできるように、徹底されている。

手順は難しくない。窓などの戸締まりをする、パソコンや機材の電源、フロアの電灯を消す、全体の主電源を落とす。それが済んだらスタッフ用の玄関にある入力装置でセキュリティをセット。後は自動的にセキュリティシステムが起動するので、警備会社の遠隔監視にお任せ、ということになる。

この日、黒根さんは残業が長引いてしまい、気付けば院内には自分以外誰一人残っていなかった。医師も先輩も事務員も皆帰ってしまったので、院を閉める作業は彼女が一人で行わなければならない。

何とか仕事を終え、予め教えられていた通りに戸締まり、火の始末、パソコンや電灯の電源を落とし、主電源を切って三階を施錠。そして、一階のスタッフ用の玄関に向かった。スタッフ玄関の装置で手順通りにセットしてスイッチを入れれば、後はセキュリティ装置任せになる。

スイッチを入れると、合成音声が響いた。

『三階に異常があります。確認してセットし直して下さい』

装置は不備を表示していた。

正しい手順でセキュリティをスタートしない限り、ロックできないらしい。

他の階は問題なさそうだが、三階は自分が直前まで仕事をしていたフロアである。何かあるとしたら自分の見落としとしか考えられない。

「鍵かな。機材や電源は大丈夫だったと思うから、多分窓の閉め忘れかも」

三階まで引き返し、もう一度戸締まりをチェックする。

主電源を落とした後だったので室内は闇に包まれていた。携帯電話のディスプレイを明かり代わりに照らしても、手元くらいしか見えない。何とか手探りで窓を探し、戸締まりを確認して回る。そしてスタッフ玄関まで戻り、セキュリティをセット。

『三階に異常があります。確認してセットし直して下さい』

やり直しである。これを四～五回も繰り返したものの、セキュリティシステムは『異常がある』として作動しない。

そのうちタイムアップが近付いてきた。もう終電まで時間がない。

このままでは帰れなくなる。

仕方なく、警備会社に連絡を入れた。

「あの、どうしてもセキュリティがセットできないんです。ええ、戸締まりも確認しましたし、室内に異常はありませんでしたし……」

本来、異常がある状態で医院を離れるべきではなかったが、後のことは警備会社に任せることにして諦め、帰宅した。

翌日、出勤した黒根さんは事務員に呼び止められた。

「おはようございます。黒根さん、あなた昨日警備会社に電話したでしょう?」

「はい。でも何度戸締まりを確認してもセキュリティがセットできなかったんです」

警備会社に連絡すると出動扱いになるため、別途料金が計上されると聞いたことがあるが、自分の落ち度で余計な出費が掛かったことを諫《いさ》められるのかもしれない、と恐縮した。

しかし事務員は笑って、

「災難だったね。でも、あのセキュリティは戸締まりの有無は関係ないんだよ。センサーが室内の人の気配を感知するようになっているんだけどねえ」

一定の大きさと温度を持つ何かが動いてセンサーに探知されると、警備区域内に「まだ誰かいる」と認識される。結果、閉じこめ防止のためロックが掛からない、という仕組みらしい。

警備会社の点検によると装置に異常や故障はなく、原因は不明とのこと。

つまり、昨晩あの暗い室内に「自分以外の何かが居残っていた」ということをセンサーが感知していたという事実だけが残った。

これは一度きりの出来事ではなく、時折、先輩や同僚も同様の経験をしていたようだが、今に至るまで、正体不明の居残りが何者であるのかは判明していない。

選択

渡瀬さんは今でも、ふとしたきっかけで中学時代のことを思い出すことがある。

そしてその場でパニック状態になってしまう。

もう四十数年も前のことにも拘わらず、当時の出来事が甦っては、彼女の精神を深く責め苛《さいな》む。

それはいつでも、時と場所を選ぶことなく、唐突にやってくる。

「一瞬で身体が強張ってね。その場から一歩も動けなくなってしまうんですよ」

当時、彼女は酷いイジメに遭っていた。

成績優秀でクラスの人気者だったにも拘わらず、ある日を境にしてクラスの連中は彼女を無視し始めたのである。

何かきっかけがあったのは間違いないと思われるが、理由は今でもよく分からない。

ただ、今まで自分の周りに集まってきた友人達の態度が正反対になり、こちらから話し掛けても冷たくあしらわれるようになってしまった。

ひょっとして自分の態度に問題があったのかもしれない。そう考えた彼女は、今までの自分の行動を省みて、必死に直そうと試みた。

また、不快な思いをさせてしまったと思われる人達には、心から謝ろうとした。自分の悪かった所をなくしさえすれば、今まで通りに接してくれるに違いないと考えたからである。

しかし、彼女の行動は無意味に終わった。どのような対応をしても、クラスの皆から返ってきたものは、冷たい視線のみであった。

やがて、明るかった彼女の表情からは次第に笑みが消え失せ、陰鬱《いんうつ》な表情が増えていった。

強烈なストレスのせいか肌の張りを失ってしまい、白髪が目立ち始め、顔中吹き出物まみれになったこともあった。

やがて学校に行くこと自体を身体が拒否し始め、それとともに家庭内からも笑い声が消え失せてしまった。

あんなに仲睦《むつ》まじかった両親が、自分のせいで啀《いが》み合っている。

あんなに明朗だった妹が、目を真っ赤に泣き腫らしながら帰ってくることが多くなった。

これもまた、自分のせいに違いない。

果たして、自分が生きている意味って何だろうか。

クラスメイトを不快にさせるため？　それとも、両親や妹を不幸にするため？

そのような考えが脳裏に澱《おり》のようにこびり付いていくと同時に、彼女は「死」について深く考え始めた。

部屋の欄間《らんま》にこっそり掛けた、梱包用の麻紐で拵えた輪を目の前にして、幾度となく考え込むことが多くなった。

そしてある日のこと。

放課後、彼女は担任から職員室に呼び出された。

担任も彼女に対するイジメには気が付いており、それをなくそうと尽力してはいたのだが、何の効果も得ることができないままであった。

目を伏せている彼女に向かって、担任は静かに言った。

「何人かから聞いた話なんだが……」

どうやら、気に入らないクラスメイトに対して、渡瀬さんが裏で手を回して、イジメるように仕向けていた、といった荒唐無稽な話であった。

「もちろん、お前がそんなことをするとは思えないが……」

担任はそう言いながら、彼女のほうへ視線を向けては、すぐに逸らした。

もちろん、全く身に覚えはない。だが、彼女の中で何かが弾けた。

自分の行いを直そうと一生懸命努力していたのに、このような身に覚えのないことで、酷い目に遭っていたというのか。

そこから先の記憶は、彼女にはなかった。

気が付いたときには、自分の部屋で泣きながら麻紐の輪っかを握りしめていた。

そしてその輪っかに向かって、ゆっくりと自分の首を通そうとしたとき。

紐で拵えた楕円形の空間から、弱々しい柳のような両腕がぬっと現れた。

病的なほど青白いその皮膚は、紅色に染まった爪を酷く映えさせていた。

紅い爪の先端が渡瀬さんの白い首に、鉤爪のようにひっしと食い込んでいく。

柔肌に減り込んだ鋭い爪先が尋常ならざる痛みを生み出して、思わず悲鳴を上げそうになったときのことである。

何処からともなく、声が聞こえてきた。

酷く低音で掠れきった、性別不明の声であった。

「イ……ク……カ……イ……？　ノ……コ……ル……カ……イ？」

最早彼女に、迷いはなかった。

「イ……」

そう答えようとしたとき、目映《まばゆ》く暖かい光が、部屋中を一気に包み込んだ。

やがてその光の中に、薄ぼんやりとではあるが人影のようなものが浮かび上がってきた。

その影を見るなり、彼女の両目からは大粒の涙がぼろぼろと零れ落ちてきた。

理由は分からないが、とにかく涙が止まらないのである。

懸命に堪えようと試みるが効果はなく、嗚咽《おえつ》が漏れ始めた。

耐えきれずに、思わず瞼を閉じる。

両親や妹、親戚達。そういった自分の愛する者達の顔が、脳内をゆっくりと循環していく。

そして見知らぬ大人の女性――恐らく未来の自分が柔らかい笑顔を向けながら、しきりに頷《うなず》いている。

「……そうか。そうだよね」

こんな自分にだって、生きてさえいれば未来があるんだ。

そのような考えに至った瞬間、急激に身体全体が軽くなった。

そして彼女は、自分の選択をした。

「初めは、お祖父ちゃんかお祖母ちゃんが助けてくれたのかと思っていたんだけど……」

死ぬ覚悟をしていた彼女の前に突如現れた、不気味な腕だけの存在と暖かい光。黄泉の国から愛する彼女を救ってくれた存在といえば即ち、亡くなって久しい祖父か祖母に違いない、と考えていた。しかし、その両者とあの腕との関連性は何処にも見当たらない。

誰がどのような目的で助けてくれたのかは分からないが、彼女はとにかく、自分を救ってくれた存在に心から感謝した。

しかし、翌朝学校に登校したとき、ある異変に気が付いた。

渡瀬さんとは親友とまではいかなかったが、かつては比較的仲の良かった三人が、その日から登校しなくなったのである。

そしてそのまま、三人とも都合により他の県へ引っ越していったとの知らせを聞いた。

様々な噂が流れたが、どれも信憑《しんぴょう》性が薄く、信じることは到底できない。

しかし、これだけは確かであった。

三人が転校したと同時に、彼女に対するクラスの対応が好転してきたのである。

もちろん、人間の気持ちが関係してくる以上、あっという間に元通りとはいかない。

だが、少しずつでも良い方向へ変わっていくこと自体が、渡瀬さんの精神をどん底から救い出したのである。

「ひょっとして、あの三人が原因だったのかもしれません」

彼女は、何故か申し訳なさそうにそう言った。

その理由は、すぐに明らかになった。

「高校受験を間近に控えた十一月……」

例の三人が亡くなったとの知らせを受けた。死因までは教えてもらえなかったが、友人の話によるといずれも縊死《いし》であったとのことである。

彼女達が何故そのような選択をしてしまったのかは知る由もないが、彼女達の精神状態が相当悪化していたことだけは確からしい。

あれから四十年以上の年月が経過している。

それでも渡瀬さんにとって、あの一連の出来事は深く影を落としている。

ひょっとして、自分の選択が三人の同級生の命を奪ってしまったのではないだろうか。

最初は微々たるものだったその思いも、年を経る毎に増殖していくような気がする。

「あのとき、どうすべきだったんでしょうね？」

彼女の問い掛けに対して答えを持たない私は、返す言葉が見つからなかった。

忌み家

とある国道の交差点を左折して、南西の方向へ暫く走ると、やがて周囲は比較的大きな田畑だらけになってしまう。

それらに囲まれるようにして、小綺麗な一軒家がぽつりと建っている。

辺りを見渡しても他の民家は見当たらないが、それでも住みやすい場所であると河原崎さんは言う。

「静かでねえ、イイ場所なんですよ」

その一軒家は、彼が五年ほど前に購入したものである。

所謂新築未入居物件という代物で、新築同等品ではあるが中古物件並みの価格で入手したのであった。

「曰く付きとか、決してそういう場所じゃあないんですよ」

家屋や土地に何かがある訳ではないが、施主と施工会社で訴訟沙汰に発展してしまって、完成後六年近くも経過した物件であった。

彼らのトラブルの原因は分からない。分からないが、当初は河原崎さんにとって最高の掘り出し物であった。

「やっぱり、持ち家ってひと味違うじゃない？　結婚するときも有利みたいだし」

何の受け売りかは知る由もないが、照れ臭そうにそう言った。


彼がその家に住み始めてからおおよそ一年後、おかしなことが起こった。

「とにかく、揺れるんですよ。そう、家自体が」

河原崎さんは会社勤めだったので、平日の昼間は殆ど家にいることはないが、それでも頻繁に揺れに出くわす。

「……もちろん、確認しました。絶対に地震なんかじゃないんです」

ほぼ二日か三日おきに起きる震度三程度の縦揺れに、最初の内は地震が多いというくらいにしか思わなかった。

しかし、余りにも多過ぎる。そして、地震に関して他人と会話が噛み合わない。

そこで、揺れる度にネットで検索することにした。

だが、この家が揺れた時間帯に、付近で地震が発生した事実はない。

「まあ、それだけだったら我慢できるんですが……」

休日に庭の草むしりをしていると、家屋の外壁にヒビ割れが発生していることに気が付いた。

それだけではなく、サイディングと呼ばれる仕上げ板同士を繋いでいるシリコンコーキングが殆ど剥がれ落ちていることも判明した。

もちろん、彼はすぐさま不動産会社にクレームを入れた。しかし、不動産会社の返事は冷たいものであった。

新築物件だったら通常十年間の保証が付いているが、この物件はあくまでも中古物件扱いである。保証は一年間のみで、それ以降は自費での補修になるとのことであった。

「もう、諦めるしかないですよ。いきなり百万以上掛かります、って言われても……」

幸いなことに、雨漏りは起きていない。見た目さえ気にしなければ、恐らく数年は持ち堪えられる。

そう結論付けて、彼はひとまず修理自体を先延ばしにした。

外壁の異常を発見してからすぐに、様々な形の不幸が次から次へと襲いかかってきた。

「……信じられないかもしれませんが、いやホントに」

まず、ありとあらゆる生物が、この家の近くで死ぬ、ということである。

以前から虫の死骸等が多いことには気が付いていた。だが、その程度は増しているとしか思えない。

　虫や鳥の死骸などは日常茶飯事。猫や犬が家の前で死んでいたことも頻繁になり、更には散歩中の老人が亡くなるに及んで、これは只事ではないと思い始めた。

「それでも、自分の身には何も起きなかったんですが……」


　ある夜のことである。

　仕事から帰ってきてひとっ風呂浴びてから、彼は玄関前のベンチに座って煙草を吸っていた。

　師走も半ばを過ぎており、空っ風が湯上がりで火照った肌を急激に冷やしていく。

　何げなく空を見上げると、満点の星空が広がっている。

　口元を歪めながら紫煙を空に吐き出したとき、空模様が急激に怪しくなった。

　まるで重厚な雲が何処からともなく現れたように、瞬く星達を視界から遮っていく。

　冷たい風は心地よかったが、雨に当たるのだけは勘弁してほしい。

　河原崎さんは吸い殻を灰皿で揉み消して、家の中へ戻ろうとした——と、そのとき。

　夜空がいきなり輝いた。

　その耀《かがや》きは一瞬であったが、訝しげにそれを見つめていると、急に身体の自由が利かなくなってしまった。

やがて得体の知れない何かが残照へと映りだし、いつしか強大な顔へと変貌を遂げた。

自宅を覆い尽くさんばかりの広大な顔面に、これまた大きな眼と鼻、そして口が見える。

まるで怒りに満ちあふれたような眼は爛々《らんらん》と輝いており、口唇の薄い口元は不気味に歪んでいた。

早くこの場から逃げ出したかったが、身体がぴくりとも動かない。

悲鳴を上げようとしてみたが、間抜けな吐息が漏れるばかりである。

そのときであった。

今まで味わったこともない激痛が、彼の腰に襲いかかった。

そしてその痛みは、腰から右足へと一気に突き抜けていった。

余りの激痛に悶絶してしまったのか、彼はその場で崩れ落ちた。


たまたま通りかかった警官のおかげで助かったものの、河原崎さんはそのまま病院に入院することになってしまった。

そして横文字の大がかりな装置を使って様々な検査を行ったが、異常は一切見当たらなかった。

原因が分からないまま三日ばかり入院した後、彼は「神経痛」と診断されて、暫くは鎮痛剤の御厄介にならざるを得なくなったのである。


無事退院できたところまでは良かったが、家の中がいつもとはどことなく異なっていた。

無論何者かが侵入した訳でもなく、物の置き場所も一切変わっていない。

それにも拘わらず、家の中を流れている空気が明らかにおかしいのである。

しかも、それだけではない。

何かが、この家の中に住み棲み始めた。

それは、何とも形容し難い。

まるで真夏の引き締まった影のように真っ黒で、異様に痩せた身体をした、人の形をしたものであった。決して大っぴらに現れることがなかったが、まるで河原崎さんを年がら年中監視しているかのように、頻繁に視界に現れるようになったのである。

「さすがに、限界が近付いていたような気がします……」

毎日のように家の中に現れる、不気味な存在。更に家の周囲では、相も変わらず数多の命が失われていく。

「ホント、おかしくなりかけていたと思いますよ。あのときは」

心労からか見る見るうちに痩せ細っていく河原崎さんを見かねたのか、会社の上司が心配そうに話し掛けてきた。

「上司が言うんですよね。家の壁を塗り替えたらどうか、って」

風水的にどうたらこうたらとアドバイスされたのであったが、河原崎さんにとってはどうでも良かった。

ただ、今の藍色では暗いような気がしたので、明るい暖色系に塗り替えるのも悪くないと思ったのだ。

そして外壁塗装と同時に、サイディングやコーキングの修繕、更には屋根の塗り替えも一緒に行うことにした。

足場を組む料金を考えると、全て一緒に行ったほうが割安に違いないと思ったからである。

「業者も上司からの紹介だったんですが……」

これがまた、驚くほど安かった。手抜き工事をされないかどうか心配になるほど、相場を大分下回っていたのである。

「まあ、修繕費用として貯めておいたお金がここで役立った訳ですが」

家の中では相も変わらず例の存在に悩まされていたが、工事は何事もなく進行していった。

壁の塗装も数回塗り終えて、あとは屋根の塗装のみとなっていた。

週末には完成すると思われた、ある日のことである。

「旦那さん！　ちょっと、旦那さん！」

通勤すべく玄関を出たところ、業者の親方から呼び止められた。

「……ああ、ペンキ屋さん、か。どうかしましたか？」

「それが、ねえ……」

屋根の塗装を開始したとき、屋根の北側に奇妙な物を発見したというのだ。

河原崎さんは不審がって訊ねるが、親方は言い難そうに言葉を濁してばかりいた。

「……いや、ね。一メートルくらいの板っ切れなんですが」

「板？　そんなもの、外していいですよ」

「……いや。それが取れなくて。壊すに壊せないっちゅうか、その」

どうにも埒《らち》が明かない。

言い渋る親方をどうにかして説き伏せて、その板の写真を撮ってきてもらったとき、河原崎さんの身体は一瞬で冷え切ってしまった。

「……卒塔婆《そとば》、ですね。何処からどう見ても」

それは、屋根の頂上部にある「棟」と呼ばれる水平な箇所に、膠《にかわ》らしき物質で堅固に接着されていたのである。

どうしてそんなものが屋根の上に貼り付けてあったのか、訳が分からない。

しかも、信じられないのは、その卒塔婆の状態であった。

この家が建てられてから十年近くが経過している。その間、この卒塔婆は屋根の上で風雨と直射日光に曝されていたに違いない。

にも拘わらず、まるで新品状態のように、劣化一つなかったのである。

墨汁で書かれた戒名や没年月日などがはっきりと読み取れるし、杉が材質だと思われる白っぽい板に汚れも付着していない。

もしかして何物かによってつい最近貼り付けられたのではないかとも考えたが、膠の状態から考えて、それはあり得ないことが判明した。

「それで、ピンときたんですよね。これのせいに違いないって」

河原崎さんはそれなりの金額を上乗せすることを条件に、嫌がる親方を説き伏せて、卒塔婆の撤去を行ってもらった。

そのときの作業を見守っていたが、実際にその作業を行ったのは、見習いらしき外国人であった。

撤去作業が完了して以来、家の中でヤツを見かけることは一切なくなった。

それぱかりではなく、家の周囲で動物の死骸を見かけることも極端に少なくなったのであった。

「いやァ、ホントに良かったですよ」

これで何の心配もなく結婚することができる、と河原崎さんは照れ臭そうに言った。

ちなみに、例の卒塔婆に書かれている内容に関しては、ここでは一切記さないことにする。

暗い日曜日

大海さんはほとほと困り果てていた。

それにはもちろん、理由がある。

朝起きると、ほぼ必ずと言っていいほど、居間の障子紙が破れているのである。

「何故か、日曜の朝だけ。もう、ホントに厭になっちゃって」

彼女は心の底からうんざりしているようであった。

土曜日の夜までは無事だった障子紙が、日曜日の朝になると破れている。

まるで猫か子供の悪戯に遭ったかのように、全てのマスごとに大きな穴が開いているのだ。

しかし、この家にペットはいない。もちろん、一人暮らしだから子供もいない。

もしかして、合鍵でも持っている何者かが、夜中に侵入して悪戯しているのであろうか。

もちろん何も盗らずに、障子紙を破くだけの目的で。必ずと言っていいほど土曜日の深夜か日曜日の早朝に。

大海さんはその馬鹿げた考えを一笑に付すと、いっそのこと障子自体を取り外してしまおうかとすら思った。

だが、もうじきこの辺りは雪で覆われる。

夜中の内に降り積もった雪に、朝日が反射する。その耀きを障子越しに見るのが、彼女の一つの楽しみであった。

確かに、毎週障子紙を破られるのには腹が立って仕方がない。

これまた毎週のように障子を張り替えているのにも拘わらず、一向にうまくならない自分にも腹が立つ。

それより何より、あの景観を失ってしまうのだけは、どうしても耐えられなかった。

色々考えた結果、ひょっとして湿度が関係しているのではないかと思い至った。

彼女は部屋の割にはオーバースペックな加湿器を購入すると、二十四時間態勢で運転し始めた。

だが、一週間ほど様子を見ても、芳しい結果は得られなかった。

彼女は加湿器を諦めると、今度は除湿機を購入して、同様に試し始めた。

しかし、これもまた良い結果を得ることができない。

起床して間もなくの日曜日、破れた障子紙を目の前にしながら、彼女は初めて涙を流した。

それからしばらく経ったある朝のこと、出勤前で忙しいにも拘わらず、彼女はぐずぐずとスマホに見入っていた。

もうすぐ日曜日がやってくる。どうせまた、やられるんだろうな。そんなことを考えていると、気が滅入って仕事にも身が入らない。

まるで現実逃避でもするかのように、この出勤直前の一時をインターネットで潰していると、いきなりある商品の存在を知った。

とあるサイトの広告に、夢のような商品が掲載されていた。

それは、プラスティック製の障子紙であった。

見た目は障子紙そっくりだが、プラスティック製だけあってちょっとやそっとじゃ破れない、と書いてある。

しかも障子紙のように糊を使うのではなく、両面テープで貼ることができるらしい。

これなら景観を損ねることなく解決できるに違いない。

どん底まで墜ちた彼女の気持ちが、一気に跳ね上がった。

早速リンク先へ飛ぶと、「今すぐ購入」ボタンを躊躇《ちゅうちょ》なくクリックしたのである。

そして数日後の朝のこと。起床して間もなく、玄関のチャイムが鳴った。案の定、注文した障子紙が届いたのであった。

大海さんは期待で膨らませながら、早速取り付け作業に掛かり始めた。

「おおっ、これって凄くない？　本物と区別が付かないじゃん！」

気分が高揚して仕方がなかったせいか、張り替えたばかりの障子を肴にして、彼女は冷蔵庫から取り出したビールを飲み始めた。

昨日は相当に飲んでしまったらしい。

ガンガン響く頭の痛みに耐えながら、起きたばかりの彼女は即座に居間へ向かうと、張り替えたはずの障子に視線を遣った。

「おおおおおおおおっ！　すっげ………」

感嘆の言葉が、自然に消え失せていく。

あんぐりと開いた彼女の口は、まるで閉じることを忘れてしまったかのようであった。

喜べた時間はほんの一瞬であった。あっという間に、彼女の全身は一気に粟立った。

確かに、障子紙は破れていなかった。

しかし、いつものように破れてさえいれば。破れてさえいれば、こんなものを見ることもなかった。

それは、人間の顔の痕跡であった。その跡形が、障子紙にしっかりと残されていたのである。

魚拓ならぬ、顔拓である。

マスの中に、室内から外側に向かって、人間の顔のようなものを押しつけた、その脂の痕跡がしっかりと残されていた。

しかも破ろうと懸命に藻掻いたらしく、一つのマスに二回三回と試みたのか、複数の痕が残っていた。

それにしても小さ過ぎるその顔。

「それを見た瞬間、怖くなっちゃって……」

彼女は今、本気で引っ越しを考えている。

雪の日

間もなく春の訪れを迎えようとしていた、ある日の夜のこと。

房総半島の南側を低気圧が通過していき、首都圏は大雪に見舞われた。

とはいえ、積雪としてはせいぜい三十センチから四十センチぐらいのもので、豪雪地帯に住む人から見たらお笑い種《ぐさ》であろう。

けれども首都圏に住む者にとっては、大豪雪であることに間違いはなかった。

その日、井上さんはいつもより三十分早く家を出た。

パート先までは自転車で数分の距離だったが、降り積もった大雪の中を歩くとすれば、恐らく三十分は掛かるであろう。

眠たい瞼を擦りながら彼女は完全防備の格好でヘッドライトを首にぶら下げ、アパートの玄関から重い足取りで歩き出した。

早朝五時、パート先へ行く道路は静寂に包まれていた。

時折大型トラックが通っていくが、普段見かけるウォーキング中の老人達も、今朝ばかりは姿が見えない。

車道は轍《わだち》が付いていて幾分歩きやすいが、歩道のほうは足跡すらない状態である。多少大きな道路を逸れて脇道に入ると、やがて轍すら見えなくなり、目の前は白一色になってしまった。

井上さんは息を整えるために、立ち止まっては辺りを見回した。

この辺りは、広大な畑に数件の住宅がポツンポツンと建っているだけである。普段でさえそんな状態なのに、貧弱な街灯だけでは充分ではなく、畑と道の区別すら定かではない有様であった。

しかし、街灯とヘッドライトに照らされて、周りに降り積もった雪だけは妙に明るい。厚みを帯びた新雪に音が吸い込まれているのか、辺りに漂う妙な静けさの中、雪を踏む彼女の足音だけが響き渡る。

勤務先に向かってひたすら歩いていくが、次第に心細くなってしまった。

こんな日に散歩でもしている酔狂な人でもいないかと、付近に目を遣るが、残念ながら誰も見当たらない。

井上さんはやや早足になって暫く歩いていると、不意に前方から足音が聞こえてきた。

今朝出会った、初めての「歩く人」だ。

ざっく、ざっく、ざっく、ざっく……。

彼女はひとまずほっとしたのか、その場で立ち止まって、歩いてくる人の姿を待つことにした。

ざっく、ざっく、ざっく、ざっく、ざっく……。

ん、この足音は。これは、どうやら一人だけではないらしい。

ざく、ざく、ざっざっざっ。ざく、ざく、ざっざっざっ。

確かに、一人や二人の足音とは到底思えない。これは間違いなく、十人以上の足音だ。

何かの行事でも行っているのであろうか。

この異様に整然とした足音は、何かの理由があって行進しているとしか考えられない。

彼女は、足下に視線を落とした。

深く降り積もった雪は、脛の中程を超えている。

こんなに深い新雪を掻き分けて、十人以上もの人々がかなりの速度で行進してくる。

脛の中頃まで届く雪の中を、相当なスピードでこちらに向かってくるのである。

これは只事ではない。一体何事なんだろう。

何にしても避けたほうがいい――に、決まっている。

井上さんはなかなかの苦労をして、やっとのことで道の端へと避けることに成功した。

ざっ、ざっ、ざっざっざっざっ。ざっ、ざっ、ざっざっざっざっ。

「あっ！」

彼らの姿が視界に入ってきた瞬間、井上さんは本能的に、頭に巻いていたヘッドライトの電源を切った。

しかし、僅かな灯りしかないにも拘わらず、彼らの姿だけははっきりと分かる。

それは、子供の集団であった。

いずれも十歳を迎えていないような幼い連中で、男女を問わず皆、みすぼらしい格好をしていた。

それだけではなく、頭を小汚い包帯でぐるぐる巻きにしている者や、首が妙な方向に折れ曲がっている者、両手両足が曲がるべきではない方向に曲がっている者などが、顔を下に向けながら、まるで行進でもするかのように一心不乱に歩いてくる。

井上さんは呆気に取られて、ただただその行進を上目で見続けている。

すれ違う瞬間、中の一人がこちらを向いた。

焼き魚のような、真っ白に膨らんだ目をした少年であった。

そして他の連中も一斉に井上さんのほうへ顔を向けた。だがそのとき既に、彼女はその場で腰を抜かしていた。

　そして暫くの間、雪の中に尻餅を突いたまま身動き一つ取ることができなかったのである。

　それから十分程度経った後であろうか。

　ウォーキング中にたまたま通りかかった中年男性に助けられて、彼女は事なきを得た。

「……今でも信じられないんですけど」

　不思議なことに、あの子供達が通ったにも拘わらず、降り積もった雪は全く踏み荒らされていなかった。

　今から数年前の、ある早朝の出来事である。

暖機運転

白石さんはかつて、ディーゼル列車の運転手をしていた。

今ではもう著しくレアになった、電動モーターではない列車である。

電化コストに見合わない路線のものであるから、それは寂しい場所を通った。

「寂しいって言われちゃぁ、そっちのほうが寂しいよねぇ。俺ら、そこで暮らしてるんだもの。寂しくない。田圃あるし。そりゃあ、クソ田舎なんだけど。『クソ田舎』ならいいよ。俺らもそう言ってるし」

クソ田舎である。


雪の舞う日。

午後二時半。彼は車輛のエンジンを暖機していた。

発車予定まではまだたっぷり三十分以上ある。アイドリングしていると、車輛も少し暖かくなる。

ふとミラーを見ると、車輛の客車部分に一人の男の子の姿があった。

彼は「あっ」と振り返った。

運転席と客席の間には、粗末な透明の仕切りがあるだけだ。電車というよりはバスのそれに近い。

その客席側、向かい合う長椅子と長椅子の間で、子供が蹲《うずくま》ってこちらを見上げていた。

四歳か五歳だろうか。五歳にしては小柄かもしれない。

一目見て、この辺の子供ではないなと思った。

こんな半端な時間の生活路線にふらふらと乗ってくるにしては身なりが良いし、髪型も大分セットされている。

七五三の時期でもない。

「ボク、だめだよ～。まだ発車しないよ～」

どうやって乗ってきたんだ――？　と訝しみつつも、白石さんは言った。

さすがにまだアイドリングを始めたばかりで、番線にも入っていない。

ホームに接していないから客はまだ乗れないはずなのだ。

ホームから降りて、線路を横切らないとここへは来られない。

どうせ一時間に一本しか車輌の通らない線路の、まして始発であるから、それ自体は決して難しくはない。

難しくはないだろうが——と白石さんは考える。

車輌のドアが閉まっていたのだ。

ドアは乗客が開けられるので良いとしても、白石さんがドアの開閉に気付かなかったのならば深刻な不覚である。

少し離れたホームを見た。

誰もいない。この子を探す親の姿も、出発を待つ客の姿もない。

（……少し待たせてやるか）

放り出すのも不憫《ふびん》である。気付かなかった振りをして、白石さんは外を眺めた。

時折ミラーで確認すると、子供は一両しかない客車の中をうろうろしていた。

頃合いになったので、白石さんは車輌を動かし、ホームに着けた。

着けながら、ふと気になったことがある。

線路からホームまではかなり高さがある。この車輌にしても、地面からドアまでは同じだけの高さがあるわけだ。

（この子はどうやってドアまでよじ登ったんだろう）

足場を工夫すれば何とかなるかもしれないが、ドアが開いていなければかなり難しく思えた。

（……っていうか、どうやってボタン押したんだろう）
ドアまでは高く、ボタンは更にその上部に付いている。
一人でドアの〈開〉ボタンを押すことは絶対に無理と思えた。
車外に大人の姿もなかった。
いや、大人でも難しいだろう。
――車内にでもいなければ。
白石さんは振り返った。
車内に手引きした「大人」がいるとすれば、簡単である。
目を凝らして、車輌内をよく見渡す。
長い座席の一番奥――そこに人影があった。
輪郭のぼんやりした、霧のような人影、否、人の大きさほどの影だ。
だが顔がある。顔があることだけははっきり分かる。

「うわぁ、何だありゃあ、マジかよ～……って思ったんだけど、こっちもさすがに車ホッポリ出して逃げられないでしょ。そこに子供もいるし、ウチにも四人いるし」

そのとき、ドアが開いて、腰の曲がった老婆がしかめっ面で乗ってきた。

老婆は、奥の靄《もや》にはまるで気付かないように座席に座った。

子供が老婆の前に来て、座り込んだ。

下から老婆の顔を覗き込んでいるが、老婆は子供嫌いなのか、不機嫌そうなままで相手にしない。

そのうち、子供はまた奥のほうへと走っていった。

「そうこうしているうち発車時刻になってね。意地の悪そうな婆ちゃん、育ちの良さそうな子供、変なの、あと俺で出した」


一駅目では乗り降りなし。

二駅目で老婆が降りた。

降りた老婆は、駅の改札とは逆向き——列車の進行方向側に歩き出し、止まった。

再び発車するとき、老婆はまだそうしてホームの先でこちらを見ていた。

——すれ違いざま、老婆は曲がった腰を大儀そうに伸ばした。

こちらに向けて両手で大きく×の形を作り、首を横に振っている。

（変な婆さんだな）

そう思いつつも、何となく背筋の寒くなる思いがして、振り返る。

車輛は空だった。

目を凝らしても、そこには誰もいなかったのである。


「小せえ子供だからな。婆ちゃんにくっついて、降りてったのかもなぁって思って」

降車後、彼は老婆に気を取られていたのだ。

「――それっきり暫くは何もなくって。ひと月くらい後かな」


雪の日だった。

始発駅で白井さんはまた暖機運転をしていた。

午後二時半。平日の、半端な時刻である。

大雪の予報ではないが既に積雪があり、山の中ともなれば更に怪しい。夕方には運休になりそうな予感があった。

（高校生ら困るだろうな。部活早く終わっといいけど）

余計な心配をしていた彼は、ふと、既視感があって振り向いた。

またあの子供である。

先月と同じ、小綺麗な格好、丁寧にセットした頭。

「今思えばおかしいってなるんだけどさ、俺も忘れようとしてたから。だからつい、『またか』ってこう、アタマがそっち行っちゃったんだよ」

何かがおかしいと思いつつも、先月のことを彼は忘れようとしていたのだ。


「おい、坊主。どっから入ってきた」

子供は何も答えず、じっとこちらを見返すのみだ。

「どっから入ってきた！」

語気を強めて聞き直すと、子供は斜め後ろ後方を指さした。

そこには何もない。

強いて言えば、車輌後部のドアがある。

何もないが、またじっと見ていると、そこに何か黒い靄が現れそうな雰囲気があった。

白石さんは目を逸らし、外を見た。

二度と起きないと思っていた。考えてもみなかったし、家族にも話していなかった。

「……気持ち悪かったね。長いこと運転手してたけど、一回もなかったからね、そんなことは。そりゃ山ん中通れば、表には色々あるよ。話にも聞くよ。でもここは始発駅。ボロいとはいえ、列車ん中だからね」

発車時刻が迫った。車輌を動かして、ホームに着ける。

ミラーで後ろを見ると、子供は最初に見たときと同じようにしゃがみ込んで、こちらを見ている。

学校帰りか？　何処へ行くのか？　お家の人は？

白石さんは色々聞いたが、子供は何も答えない。

この雪だ。発車時刻になっても、誰も乗ってこない。

彼は仕方がなく列車を出した。

「一駅目、お客は誰もいない。俺は居心地の悪いまんま――だがその坊主は、前んときゃ二駅目で降りたんだな。そんで定刻通り」

二駅目に着いた。

振り向くと、子供は座席に座っていた。

「坊主、着いたぞ」

子供は無言でこちらを見るのみ。

「降りないのか。降りないと出発すっぞ」

埒が明かない――と、白石さんは運転席の脇から客席へ出て、子供に歩み寄った。

「この雪だ。もし先へ行ったら、戻れなくなるかもしれない」

通じているのかいないのか。

子供は真っ黒な大きな目で見返すだけで、一言も返さない。

「坊主、お家へ帰りなさい。お金がないならおじさんがあげるから」

子供は漸く、首を振った。

「……お家は何処だ」

また、首を振る。

「……お母さんは？」

そう訊くと、子供は急に指さした。

後ろだ。

振り向くと、そこには真っ黒な靄があった。

曖昧な輪郭に、顔だけが、お面を張り付けたようにはっきりと見えた。

笑っていた。

「ああいうとき、本当に心臓が止まりそうになるんだな。冷たい手で、こう、心臓をギュッーと掴まれたみたいで」

ショックはすぐに去らなかった。

慄《おのの》いた彼は、ドアの開閉ボタンを叩いた。

「だが、どういう訳か、叩いても叩いても開かん。こっちは息もできん」

無我夢中でドアを叩いていると——。

すぐ傍らに、子供が立っている。

分厚い雲のせいで、外は薄暗い。

ドアガラスの反射で、背後に黒い靄が迫るのが分かった。

靄は、スッと腕を伸ばすと——ドアのボタンを押した。

ドアが開き、白石さんは車輌から転げ落ちた。

すっかり積もった雪の中に転げながら、白石さんは逃げ出した。

車輌の中がちらりと見えた。

「それで俺は雪まみれになりながら、乗務員室まで逃げて。幸いというか、丁度運行中止になったって言われたんだよ」

同僚からは色々訊かれたというが、白石さんは何も答えなかった。

再び彼は忘れようとした。

「あっちゃならねえことだよ。ボロい車だったが、俺にとっちゃ家みたいなもんだもん」

それでも、逃げるときに一瞬見えたあの黒い靄のことは忘れられそうにない。

雪の中で後退《あとずさ》る。

そのとき、どういう訳か、黒い靄はこちらに向けて手を差し伸べていたのであった。

イエローハウス

商店街を抜けて北東の方向へ向かって、自転車でおおよそ三十分。

そこから険しい山道を通って暫く歩くと、山の中腹付近にぼろぼろになった廃屋が姿を現す。

イエローハウス。

川元さんの仲間内ではそう呼ばれている、知る人ぞ知る廃屋であった。

昔は真っ白い外壁が森林に映えた小豆色のトタン屋根が目立つ、平屋建ての家屋であったらしいが、眉唾である。

何故なら、両親や大人達に訊ねても、あの建物に関しての情報は一切入ってこなかった。

その建物には何処にもイエローと名付けるような要素はなかったが、近所の子供達の間では何故かその名前で定着していた。

誰がどういった理由でそう呼び始めたのか、そのときはまだ知る由もない。

夏休みも中盤を迎えた頃のこと。

友人のミツルから電話が来たのは、川元さんが風呂から上がって冷えたスイカを食べているときであった。

「明日、アソコに行こうよ」

その言葉に、川元さんはピンときた。ミツルの言うアソコとは、やっぱりあの家以外に考えられない。

「……ホントに、行きたいの？」

念のため意志を確認してみるが、友人の口調から、その気持ちに間違いはないようであった。

「じゃあ、明日の昼過ぎに迎えにいくから」

通話を終える音が、受話器から聞こえてくる。

川元さんは嬉しさの余り小躍りしながら、母親の元へと向かっていった。

「明日の昼、ミツルん家に遊びにいくから！」

うだるような暑さの中、川元さんはミツルと一緒に近所の小高い山へと探検に出掛けた。

目的はもちろん、「イエローハウス」である。

山の麓まではは自転車でやってきたが、ここから先は歩いていかなければならない。

細い砂利道や獣道を延々と歩いて全身汗だくになった頃、建物の姿が目に入ってきた。

むっとするような草いきれの中、自分達よりも背の高い雑草群を必死に掻き分けて、廃屋の真ん前まで漸く辿り着いた。

家を囲んでいた木製の門はぼろぼろに崩れており、そのおかげですんなりと中に入ることができた。

門の前を前にして、漸く二人は持参した水筒で喉を潤した。

そして値踏みでもするように、門の奥へと向かってゆっくりと視線を向けた。

ぼろぼろの門に守られるように、荒れ果てた建物がぽつんと建っている。

「何だ、フツウじゃん」

予想とは異なる佇まいに、川元さんは残念そうな表情を見せながら、ぽつりと呟いた。

山に行くのはいいが、あの家にだけは行ってはいけない。崩れてきたら危ないから。

両親に口を酸っぱくしてそう言われ続けてきたが、川元さんの興味は尽きることがなかった。

元々怖い話には目がないほうであった。テレビの心霊特集は欠かさず見ていたし、そういった類の話には目がなかった。

いつかは幽霊を目撃したい、常々そう思っていたときに訪れたこの折角の機会を無駄にしたくはなかった。

「イエローハウスには出るらしいよ」

そんな噂を学校で耳にしてから、この機会を得るまで、どれくらい経ったのであろうか。

頃合いを見計らって友人達に声を掛けてはみたものの、毎回にべもなく断られていた。

絶対にこの目で確かめたい、でも一人では行きたくない。

もしかしたら、隠していたその気持ちを、ミツルは察してくれたのかもしれない。


「どうする？　中まで入る？」

ミツルの言葉に川元さんは元気良く、こくりと頷いた。

「……並んで歩こうな。ゆっくり、ゆっくり、な」

先を急ごうとするミツルに、川元さんは語気を強めながら言った。

二人は並びながら、扉の前まで近寄っていく。

「わっ、何だコレ！」

ミツルが叫びながら、いきなりしゃがみ込んだ。視線を向けると、甲高く短い悲鳴に似た声が川元さんの口から漏れてきた。

全身が瞬時に粟立ち、ねっとりとした厭な汗が噴き出てくる。

「すっげー、コレ。全部、ダンゴムシだよ！」

ミツルは玄関の左脇を指さしている。

ひび割れた外壁の下、コンクリートが剥き出しになっている土台の部分に、大量のダンゴムシが並んでいた。

十匹を優に超える虫の死骸が、蜘蛛の糸らしきものによって、各々無惨に吊されていた。

そこはまるで彼らの処刑場にでもなっているかのように、各自細い糸一本で風に揺れている。

「すっげー！　すっげー！　コレ、全部だよ！」

大声を出しながら、ミツルははしゃぎ続ける。

そのとき川元さんは、ダンゴムシの死骸には目もくれていなかった。何故なら、玄関に近付いた瞬間、劈《つんざ》くような視線を感じていたからに他ならない。

何だろうか、この厭な視線は。

辺りを盛んに警戒するが、自分達以外の存在は見当たらない。

期待した反応がないことを訝しんでミツルは川元さんを横目で見たが、そこにはすっかり無口になってしまって、張り付いたような笑顔をしている彼がいたのである。

正直、川元さんはもう家に帰りたかった。怖い物見たさの好奇心も、あっという間に何処かへと消え失せてしまい、すぐにでもこの場から逃げ出したかった。それほどまでに、この強烈な視線に恐怖を感じていたのである。

しかし、興奮しているミツルを前にして、「もう帰ろう」などとはとてもじゃないが言い出せない。

どうしよう。どうすればいい。どうしたら早く帰れるのか。

「……なあ、早く中に入ろうよ」

どうにかして冷静さを保ちながら、川元さんは言った。

とにかく早く終わらせて、とっとと家に帰ろう。それが彼の願いであった。

歪んでいる扉を力ずくで開け放つと、二人はゆっくりとした足取りで屋内へと進んでいった。

玄関に足を踏み入れた途端、長年堆積していた砂埃が目の前に舞い始めた。

両の瞼を細目にしながらじっと我慢していると、小石大の塊がいきなり目の前に落ちてきた。

「ひゃっ！」

申し合わせていたかのように、二人の口から情けない叫び声が同時に漏れた。

ビクビクしながら足下に視線を移してみる。

薄汚い羽毛に覆われたミイラ状の身体に、黒い嘴《くちばし》が付いている。

それは、カラカラに乾いた雀の死骸であった。

全身の体液はとうになくなっており、嘴と鉤爪だけが不気味な光沢を放っている。

抜け落ちた羽毛と砂埃の舞い上がる中、二人は一斉に視線を上げた。

「……ううう」

その光景を目の当たりにして、二人とも悲鳴すら出てこなくなってしまい、喉から振り絞られた音はそれだけであった。

ベニヤ板にしか見えない薄っぺらな天井は、蜘蛛の巣でびっしりと埋め尽くされていた。

そこに、奇妙な塊が幾つかぶら下がっている。

よく見ると、小鳥や蝙蝠《こうもり》、そして子鼠等の死骸であった。

所々差し込んでくる陽光が、死骸に纏わり付いている糸状の物体をキラキラと輝かせている。

何処からどう見ても、一本の糸に吊されているようにしか見えない。

まるで、建物の外に吊されていた大量のダンゴムシのように。

しかし、たかが蜘蛛の糸だけで、あんな大きなモノを吊すことができるのであろうか。

脇にいるミツルに話し掛けようとして視線を向けると、彼は妙に蒼い顔をして苦しそうに呻き声を上げている。

「……もう、帰ろうか？」

これで帰れるかもしれない。そう思って、半ば促すように、ミツルへと問い掛けた。

しかし、返ってきた答えは予想とは異なっていた。

「……大丈夫、埃で噎《む》せただけ。全部見ていこうよ」

川元さんは内心舌打ちした。そして信じられないような表情で、ミツルの顔をまじまじと見つめた。

ひょっとしたら、ここに来たい気持ちはミツルのほうが強かったのかもしれない。

「そう……じゃ、行こうか」

自分から、早く帰ろうなどとはとても言い出せない。

とにかく、早く終わらせることだけ考えよう。身体の何処からか湧いてくる震えを誤魔化しながら、彼は足を速めた。

玄関を過ぎると、大きく開け放たれた扉が見えてきた。

埃と湿気と雨漏りで半分腐っている夥《おびただ》しい数の雑誌類を避け、足下を確かめるようにしながらゆっくりと歩き続ける。

より一層慎重になりながら扉を抜けようとしたとき、蒼い顔をしたミツルが、妙に目を輝かせながらボソリと呟いた。

「ねえ、ここってホントにヤバいんじゃない？」

楽しそうに嘯《うそぶ》く友人に向かって、言い出しっぺの自分が泣き言を言う訳にはいかない。

川元さんは、努めて虚勢を張った。

「大したことない、な。全部、蜘蛛じゃん。蜘蛛の糸が張ってあるだけじゃん」

そう言えば、家の中に入る前に感じていたあの強烈な視線が、いつしか消え去っていたことにここで気が付いた。

川元さんは、安堵の溜め息を吐いた。

しかし友人は何の反応も示さず、先を急ぐように次の部屋へと向かっていった。

「ひゃっっっっっっっっっっ！」

先を歩いていたミツルが、いきなり悲鳴を上げた。

半ば腰を抜かしてしまったらしく、彼はその場でへたり込みながら、部屋の向かって左側を懸命に指さしている。

「ああああああああぁっっっっっっっっ」

紅潮したこめかみには、紫色の血管が膨れ上がっている。恐慌状態に陥ったらしく、悲鳴は延々と続いている。

川元さんは慌てて視線を向けた。

しかし、震える指が指し示す先には、完全に変色して元の色が分からない、薄黄色い壁しか見当たらない。

「おい、どこ？　どこ？」

へたり込んで叫び続けているミツルに声を掛けるが、何の返答も返ってこない。

川元さんは今一度、壁を凝視した。

「……う、ううううううううっっっ」

風船から漏れてくるような、耳障りな呻き声が彼の口から漏れている。

そこには確かに、暈《ぼ》けた輪郭を持った何かが、微かに動いていた。

薄汚れた黄色い壁に重なるように、緩慢に蠢《うごめ》いている。

それは朧気ながらも人の形をしており、まるで保護色のように絶妙な色合いで壁に同化しているとしか思えなかった。

足が竦《すく》んでしまったらしく、川元さんはその場から一歩も動けなかった。

瞬きすらうまくできずに、目を凝らしながら、まじまじとそれを見続ける他ない。

次第に、目の焦点が合ってくる。

〈厭だ、厭だ、厭だ、厭だ、厭だ、厭だ、厭だ〉

もう見たくないのにも拘わらず、その姿が明らかになっていく。

薄黄色い壁の表面から、同じような体色をした何かが、うっすらと浮かび上がってくる。

そしてその姿を彼の目が捉えた瞬間、まるで冷凍庫の中にぶち込まれてしまったかのように、全身が一気に冷え切ってしまった。

それは、すっかりと頭髪の抜け落ちた男であった。しかも生まれたままの姿で、無表情な瞳をこちらに向けていた。

吃逆《しゃっくり》のような短い音を立てると、膝の力が一瞬で抜け落ち、川元さんはその場で崩れ落ちた。

〈ヤバい、ヤバい、ヤバい、ヤバい、ヤバい、ヤバい〉

一つの言葉だけが脳内を駆け巡っていく。

そのとき、あることに気が付いた。その瞬間、抜け落ちていた力が一気に甦った。

川元さんはすっくと立ち上がると、友人に向かって冷静な声を装って言った。

「おい、よく見なよ。あれ、マネキンじゃん」

落ち着いて見てみれば、簡単に分かるはずであった。単に描かれただけの瞳、そして人工的な笑顔。首にははっきりと継ぎ目が見える。明らかに、カツラをなくした、服を着ていないマネキンに間違いない。

ただし皮膚の色だけは異様で、まるで周囲にある壁の色を映したかのような薄い黄色であった。

しかし、たったそれだけである。これの何処に、怯える材料があるのか。

恐ろしさの余り見間違っただけで、動いているように見えたのは、単なる目の錯覚だったに違いない。

「……あぁぁぁぁっ、そうか。あぁぁぁぁっ、びびったよぅ」

すっかり気を取り直したのか、先ほどまでの恐慌状態を難なく捨て去り、ミツルは軽快に立ち上がった。

「ここって、どんな人が住んでいたんだろうね」

あっけらかんとしたその問いに、川元さんは自信を持ってこう言った。

「……変態だよ。間違いなく変態が住んでたんだよ」

安堵したせいか、大声を出して二人で笑い続ける。

「えっ！」

思わず、声が出てしまった。

何故なら、向かって左側の壁がまたしても微妙に動いたような気がしたからであった。

初めは気のせいかと思ったが、凝視してみると、確かに壁の辺りが微かに動いているではないか。

「……なあ、ミツル」

「……う、う、動いているよね。な、な、何かが……」

そのときマネキンのすぐ側、薄黄色い壁の一部分だけが、まるで独立したかのように素早く横へと飛び跳ねた。

初めは何が起きたのかが分からなかったが、次第にその姿がはっきりとしてくる。

それは、全身が薄黄色に染まった人間のようであった。

まるで蝦蟇《がま》のようなイボだらけの皮膚を持った、ガリガリに痩せ細った裸体の男。全身隈なく生えているイボからは、肉色の液体が滲《にじ》み出ている。

保護色のように壁に同化していたせいなのか、マネキンの陰に隠れていたせいなのか、とにかくその存在に全く気が付かなかった。

二人の目が釘付けになる中、その顔面の下部が醜く割れた。

そして一筋の亀裂が走ったかと思うと、巨大なヒルを思わせる紅色の舌が、不気味に蠢き始める。

「……っっっっっっっっっっっつつつつつつつ！」

意味不明な言葉を発しながら、黒目がちの小さな瞳が左右に素早く動き回る。

そしてその右手には、黄色い糸の束が握りしめられていた。

それを見た瞬間、彼の精神は錯乱した。

アレ。公民館の前。工事の度にあんな糸が落ちていたっけ。堅くて頑丈なんだよなあ、アレ。

アレで何をするつもりなんだろう。アレで。堅くて頑丈なんだよなあ、アレ。

アレアアレアレアレアレアアレアレアレアレアアレアレ……。

突如、頭の中が真っ白に染まった。

そしてそのまま、彼は本能の赴くままに動き始めた。

「ううううぅぁぁぁぁぁぁぁぁぁっっっっっ！」

きょとんとするミツルをそこに残して、川元さんは絶叫しながらその場から走り出した。

そして気が付いたときには、例の廃屋から数十メートル離れた場所で、震えながら立ち尽くしていた。

ぜいぜいと息を切らせながら、先ほどまで中にいたこの廃屋に目を遣る。そして改めて、距離を置いても感じられるこの家の禍々しさに気が付いた。

やがて置き去りにしてしまったミツルも走って逃げてきたが、お互いに終始無言であった。

川元さんは無様な醜態を晒したことを恥じ入って、何も話すことができない。ミツルもまた、何らかの感情が支配していて言葉を発しないようであった。

二人は山の麓のまで戻ると、そのまま一言も交わさずに、各自自転車で自宅へと戻っていった。

その日はそうやって過ぎていったが、翌日になると何事もなかったかのようにミツルと遊び始めた。

それからも、ミツルとの交友は変わらず続いた。

しかし、あのイエローハウスの件に触れることだけは一度たりともなかった。


あれから、既に三十年余りの月日が経過していた。

大学進学のために都内に出た川元さんは、そのまま田舎を出ることになった。

友人のミツルは実家を継いで農業を営んでおり、元気に暮らしていると噂では聞いていた。

数年ぶりに田舎に遊びにきた川元さんは、おおよそ三十年の年月を経て、イエローハウスがあった場所へと向かった。

事前に家族から聞いていた通り、例の廃屋は既に取り壊されており、今では雑草のみが生い茂る場所へと変わっていた。

〈懐かしいなあ。久し振りにミツルに連絡してみるか〉

そんなことを考えながら、じっくりと辺りを見回してみる。

そのときである。突然、彼の表情が強張った。

いつの間にか、足下から頭の先まで総毛立っている。

廃屋があった辺りを我が物顔に占領している、背の高い雑草。その一本一本に、夥しい数のカラカラに乾いた昆虫や節足動物が細い糸で吊されていたのである。

そしてそれより何より、三十年前に感じた例の強烈な視線を、何処からともなく今回も感じたせいもあったかもしれない。

川元さんは足早にその場から立ち去った。

残党

「『アイツは幽霊とか信じないから』ってよく言われるんだけど、それもちょっと心外でさ」

廃墟散策が生き甲斐の伏見の話だ。

「幽霊なんか絶対いないって信じてるんだよ。俺は。そうでなきゃとてもやれないよ」

彼は「やれなかった」人々をよく知っている。

「何人かで廃墟回るじゃん。すると連中はやっぱ、ここってところで凄んじゃうんだよ」

伏見に言わせれば、そういう信心深さは、廃墟散策の邪魔でしかない。

「必要なのは無情の意志。撮り鉄みたいなメンタリティだよ。知らんけど」

傍から見れば傍若無人。それをセメントで塗り固めた高い壁で囲ったようなものである。

自己中の櫓《やぐら》――実際彼は鉄道マニアと仲が良く、撮り鉄の友人もいた。しばしば一緒に出掛けるのだが、何を話すのかと聞くと「何にも」と言う。

「いざ電車に乗って遠出しても、お互い趣味の話は一切しないし、現地でレンタカーに乗り換えたらもう本当に一言も口利かない」

吐き捨てるようだった。

ＳＮＳでもブロックし合っているというのだから、友人とは何なのか考えさせられる。

伏見はある日、正にそうして撮り鉄らと一緒に遠征した。

ある「廃村と廃工場のセット」になった物件近くで、伏見はレンタカーを降りた。

廃墟マニアは彼一人だけである。鉄道マニアらは三人で別行動し、予定の時刻には迎えに来ることになっていた。

道路から山道を登る。登り切った先、傾斜に沿って眼下に広がる廃村があった。

「廃工場のほうは警備会社が入ってるって噂もあったし、普段そんな攻めた予定組まないんだけど、廃村もあるし。そう思ってたんだが……どうも情報が古かった」

とても集落内の家々を巡ることはできなかったのだ。

廃物の変化するスピードは、思うよりも遥かに速い。背の高い雑草が生い茂り、家々の屋根に迫るほどだった。家のほうの背が縮んだのかもしれない。

掻き分けても草の密度が高過ぎて、足が地面に着いた気がしない。草の間の虫のような気持ちで、彼は一旦進軍を諦めた。

こうなるともう廃工場を目指すしかない。

そこはすぐ近くのはずだ。坂の上まで戻って、今度は尾根に沿って下る。

途中、閉鎖された未舗装路に入り込んですぐのところに、大きな廃工場があった。

こちらは雑草も大分少ない。

近代的な、平たく広い工場ではない。

背が高く、狭い。

屋外に延びたベルトコンベア――その先は貯鉱場である。


「何かの鉱物の処理場だよ。ろくな資料がなかったけど、そこはまぁ予想通りだった」

それが石炭なのか硫黄なのかはたまたレアメタルなのか、それは彼も知らない。

「ちゃんと調べりゃ分かるんだろうけど。土地の所有者とかさ。所有者といえば、警備会社が入ってるって噂があったんだけど、それも違ってたな」

その代わり、ちょっとした「結界」があったのだという。

並べたドラム缶の間を、古い紐が通してある。

どういう訳か、その紐のところに落ち葉やゴミが集中してあり、紐の手前にだけ小さな動物の骨が散乱していた。

彼は「なるほどな」と思った。

「警備会社なんて嘘だった訳よ。これ見てビビった奴が言い出しただけ」

彼は意に介さず、紐を跨いで工場に近寄った。

工場は古く、元々安普請だったこともあるのだろう、剥がれ落ちた瓦礫で元の入り口すらもよく分からない。

壁さえなければそこが入り口だ。

だが、近付くうちにおかしな変化が起きたのに気付いた。

(――あれっ。色がない)

いつからだろうか、はっきりと色がなくなった瞬間には気付かなかった。

どうも最前から風景が寂しい気はしていたのだが、今や空の青さも木々の緑もただの濃淡であり、振り向くとドラム缶の錆びも黒い染みとしか分からない。

自分の手を見る。

グレーだった。

「今考えるとゾッとするな。何かのガスってこともあったかもしれないし、やめときゃ良かったんだろうが……」
彼は逆に、何が何でも中を探検してやるぞと思ってしまったのだ。

入り口になりそうな壁の穴はすぐに見つかった。
剥がれ落ちた壁をバリバリと踏み鳴らして、工場の中に入る。
幸い屋根やら上部の壁やらが穴だらけのため、差し込む光で中は所々明るい。
四階ぶんほどの吹き抜けだった。
中央に大きな機械。
その上部から伸びたベルトコンベアが、三階部分の壁を突き抜けて、外へ伸びている。
彼は「ほう」と感嘆の溜め息を吐く。
モノクロームの世界。それだから良かったのかもしれない。
まずはこの景色だけで心を打たれた。ずっと見ていたいがそうもいかない。
次に彼は、その機械をぐるっと回り込んで裏側へ抜けた。
奥に通用路らしき真っ暗な口が見えた。
その前に、人がいた。

「おっと先客か——と思ったらどうも様子が違う。こんなところにいるのは、お仲間でなけりゃホームレス、さもなきゃ——」


人影は二つ。伏見は身構えた。

二つの人影は、向こうも様子を窺《うかが》っているようだった。

こちらが会釈すると、向こうもほんの少しだけ頭を下げた——ように見えた。

そのまま、二人は床から何か長いものを拾い上げて通路の奥へ行った。

どうやら関わってくる気はないようである。

伏見は少し考えたが、散策を続けることにした。


「真ん中の機械にコンベヤーで入れて粉砕してたんだな、とか色々観察してだな」


一際目を引くのはやはり中央の、筒状の機械だった。

機械の下部は錆びているのか、オイル痕なのか、真っ黒に変色している。色がないので何なのかは分からない。

奥の通路へと進む。

そこは真っ暗だったので、懐中電灯で照らす。

さっき、例の二人組が入って行った通路だ。

何処へ繋がるものか、入ってみた。

天井に空いた小さな穴から漏れる光からすると、別の建物へ屋外を渡る通路のようだ。

しかし――奥まで行くと、その先は通れなかった。奥の扉は壊れており、倒れた什器《じゅうき》やらで塞がれていた。

絶対に通れない訳ではなさそうだが、ここを通るのはそれなりに覚悟を要する。

通路はまっすぐ一本で、側面には穴も扉もなかった。

(――さっきの二人組は何処へ行ったんだ)

奇妙に思いつつも、壁の一部も捲ればどうとでもなりそうではある。

彼は引き返し、外から回り込んでみることにした。

工場の裏側へ出ると通路の全貌が見えた。先は粗末な小屋に繋がっており、小屋の奥には事務所らしき三階建ての建物がある。

彼は小屋のほうへ進んだ。

近付くと、〈ザッ――ザッ――〉と、足音以外の音が混じる。

小屋の後ろを覗いて、彼は驚いた。

「いや、何ていうか——作業中だったんだよ」

数名の男達がいる。

皆、作業着、いや作業着だったと言うべきくたびれた服を着て、無個性な屈強さがあった。

作業員よりも、むしろ軍人のイメージに近い。

うち二人は、恐らくさっき工場で見かけた奴らであった。

何をしているのだろうか。

彼らはスコップやバケツ、ハンマーを傍らに、小屋のところでネコ車を囲んで何やら作業していた。

更に奥のほうからネコ車を押してくる者もいる。

五、六——七人。ネコ車が二台。

入れ違いに、三人がネコ車を押して奥へ向かった。

どう見てもこの工場は死んでいた。作業員が残っているとも思えない。

ありそうなのは、今正にこの廃墟を解体しようとしている作業員である。

だが彼らは誰一人としてヘルメットをしておらず、その格好も真っ当に集められた作業者に見えない。伏見から色覚が失われていることを差し引いてもだ。

（――残党）

その言葉が浮かんだ。

何の残党なのかは分からない。ただ、そう思っただけだ。

彼らがこちらに気付かないのをいいことに、伏見は奥へ向かった三人の後に続いた。

何者にせよ作業をしている以上、向かう先に別の廃墟や〝お宝〟があってもおかしくない。

三人は林の間を無言で歩いていった。

元々道だったと思われるそこは、今や獣道ほどまで荒れていた。

伏見は進むのに苦労したが、三人はネコ車を押しながらスイスイと先へ行く。

見失うのではないかというほど距離が開いたとき、残党の三人は山肌に当たって止まった。

伏見が追い付くと、三人は既に作業を開始していた。

（――？）

小さな社があった。

だが伏見の知る、どの社とも違う。

それは廃材で組み上げられていた。

廃材は、恐らく工場から持ち込まれたものだろう。

三人はネコ車から廃材を下ろした。

金属の大きな音がする——と思ったが、音は一切しなかった。

残党達は廃材から選別しつつ、社の前に何かを組み上げてゆく。

社の前には、既に大きな二つの柱ができていた。

鳥居である。


「はっきりした根拠なんかないが、間違いないね。アレは鳥居だ」

その作業を伏見は見ていた。

「普通なら追い出される前にさっさと退却するところだが……なんでか、やけに気になって、食い入るように見てたね。で、そのうちに残党は、まだ奥へ行くんだ」

残党はネコ車を押し、山肌に沿って更に奥へ向かった。

次に向かった先を見て、伏見はギョッとした。

またしても社である。

大きな社が一つと、崩れた石碑がある。
こちらの社は、伏見にとってもよく知ったものだったが、破壊されていた。
そして剥き出しの山肌——そこにずらり並んだものは、祠だ。
崩れ落ちたものが大半だが、まだ崖にしがみつくようにして残っているものもある。
残党は、祠の一つの前で止まった。
一人が、手にした柄の長いハンマーを振り上げて——祠に振り下ろした。
またしても音はしなかった。伏見自身の出す音以外、何の音も耳に届かないのだ。
祠は壊れて、外側の腐った木枠が弾け飛んだ。
それをスコップで掬《すく》い上げ、ネコ車に放り込む。
(——なんだこれは)
暫し破壊を続けた残党らは、ネコ車が残骸で一杯になるとこちらに向き直った。
(やべえ見つかる)
慌てて身を隠そうとしたが、動けなかった。
膝から下が鉄のように重い。足が地面に埋まったかのようである。
彼はやおら上半身のバランスを崩し、その場に尻餅を突いた。
それでも、膝から下だけはその場に立っていた。

激痛が走る。

彼が上半身のみでもがいていると、その前を残党達がネコ車を押して通ってゆく。

残党らは伏見に一瞥《いちべつ》もくれない。

顔を見た。

髭が伸び、顔は真っ黒に汚れていた。

全員同じ顔をしている。

髭と汚れのせいなのか、それとも本当に同じ顔なのか、分からないほどだった。


「――奴らが引き上げていって、どれくらいだろうな。俺は何とか膝から下を地面から引き抜こうとしたんだが、見ると足は埋まったりしてない。草も絡んでない」

初めて、彼はパニックに陥った。

慌てて助けを呼ぼうと携帯を取り出し、同行者の番号を探す。電話は通じた。

場所を伝えて助けに来てくれと頼んだのだが。

『は？　時間までまだあるっしょ。こっちはまだ撮影ポイント残ってるから』

「マジでそう言ったんだ。このゴミ野郎と思ったけど、今更何だって話だ。こっちは怪我したとまで言ったのに、『行けたら行く』って電話切られて」

切られて、伏見は冷静に戻っていた。
モノクロの空や、林を暫く眺めているうちに、足が動くようになった。
立つと右膝が激しく痛むが、幸いどうにか歩ける。
杖が欲しかった。
残党の破壊した社の所まで、片足を引き摺るようにして歩いてゆく。
社は、恐らく立派なものだった。もちろん木でできている。
それの上半分がすっかり、吹き飛ばされたように破壊されている。
落ちている残骸を調べたが、杖にできそうなものはなかった。
並んだ祠を見てゆくと、どれも酷く破壊されていた。
自然な風化では決してない。
どれも残党の仕業であろう。
徹底した無神論者である伏見をして、冒瀆《ぼうとく》的と感じた。
ふと、唐突に祠が切れて、金網と鉄製の褪《あ》せた看板が現れた。
その周辺には頑丈な木枠が作られていて、奥にはドラム缶や廃材が散らばっている。
隧道《ずいどう》だろうか。

「鉱山だと思ったね。中は真っ暗で、近くのドラム缶くらいしか見えなかったが、恐らく奥はコンクリなんかで閉鎖されてるんだろう」

金網のところに手頃な太さの鉄パイプが落ちていたので、それを杖にした。

戻る途中も、残党とすれ違った。

彼らは、やはりこちらを少しも気に掛けず、まるで見えていないかのようだった。

「やっぱり同じ顔に見えたが、まぁ、髭伸ばして泥塗ったら誰でも同じだろ。俺でも同じになるよ」

彼はどうにか工場まで戻った。

「そこで夕方まで時間潰した。お菓子食ったり、写真撮ったりとか。ネット見たら死ぬほど重いし、色がないと不便だ。それで漸く頃合いになって、集落の入り口まで歩いて……膝やられてるとそれも大変だったよ」

例の「結界」を抜けて少し歩くうち、彼の視界に色が戻ってきた。

「まぁ、そんなこんなでこの通り無事だ」

ただ、あの工場にいた彼には気付きようのなかったことだが。

「写真の色味がさ、全部真っ赤だったんだよ。中には引っ掻いたりしたみたいな、筋状にさ。……モノクロとかセピアモードとかはあるが、そんなモードないよな」
伏見はそう言って、首を傾げた。

サブマリン

「サークル仲間、近くの大学のサークルも一緒にね、海外へダイビングに行ったんですけど」

二十人は乗れそうなプレジャーボートの貸し切りだ。

「小さなクルーザーみたいな。どういうコネか知らないんですけど、大きさの割に格安でした」

何処までも続く青い海。快晴だった。

遠くまで来た甲斐があったと櫛田さんらは午前のダイビングを楽しんだ。

「ツツマシクやってます」という船長はカタコトながら日本語も達者で、お勧めのダイビングスポットはかなりの穴場であった。

「所謂リゾートのダイビングじゃなくて、部活の延長でしたね。でも普通に楽しくって。で、昼前に、全員で船に戻ったんですよ」

軽食を摂っていると、別の大学の学生の一人が、海を見ながら叫び声を上げた。

「ねえちょっと！　ボートの下に何かいるんだけど！」

魚――そう思って櫛田さんは手すりから身を乗り出す。

彼女の浮かれた想像は打ち砕かれた。

黒い。

真っ黒な影のようだ。

帆先から船の両舷を見渡すと、どの方向にも影が広がっている。

船は、一つの大きな影の上に浮かんでいるのである。

クジラ――そう思った。

海が青いのは空が青いからだ、と聞いたことを思い出す。

櫛田さんは思わず空を見上げるが、雲一つない青空には南国の太陽が輝いていて、影を落とすものなど一つもない。

「船の影がこう見えるのかもよ」

櫛田さんはそう言ったが、友人の女子二人は顔色が悪かった。

「何言ってんの、そんなの見たことある？　絶対変だよこれ……」

もちろん見たことはない。

影などと言うには余りにも黒い。真っ黒な穴の上に、船がぽっかりと浮かんでいるようなものなのだ。

何人かは、何とかその黒い穴を写真に撮ろうとカメラや携帯と格闘していた。

しかし、映像が乱れたりボタンが効かなかったり、うまくいかない。

そこに船長がやってきて、船室に集まるよう告げた。

船室で彼が言うには、船にトラブルが起きたため、なるべく早く帰港したいのだそうだ。

櫛田さんは「折角のダイビング日和なのに」と思ったものの、すっかり怯えきっている友人の手前、さすがに続けようとは言えない。

見渡すと、誰もが困惑したり、怯えたりしていた。

「……まぁ、どうも機械類がどれもこれもおかしくなってて、ダイビング機材も大丈夫か怪しいしな」

そうリーダーがまとめて、帰港することに全員が納得した。

「船長さん、あの黒いのは何なんですか」

外の海を指さし、皆が船長の答えを待った。

「初めてです。これまで見たこと、ありません。でも、クジラや魚の群れではありませんのことは、絶対です」

「見たことはなくても、何か、それらしい話を聞いたとか」

怯える女子二人が、そう食い下がったが――。

「それらしい話……。……古い人にも、何も聞いてません。私、移民二世なんです」

帰港の前に、念のため全員が揃っているか確認することになった。

チームごとに分かれて点呼していると、血相を変えて飛び込んできた女子がいた。

色白で、地味なダイビングスーツを着たままの子だったと、櫛田さんは覚えている。

「ヨシオがいない!!　ヨシオが！」

見た目にそぐわない、低く太い声だった。

一瞬、「ヨシオ?」という声が上がった。

「誰」

「ああ、あのめっちゃ彫りの深い人」

「そそ、目でかくて、中東人みたいな人」

櫛田さんらは――言われて何となく思い出していた。

皆で海外まで来て薄情なようだが、正直なところ櫛田さんの印象には余り残っていなかった。

それでも、一人行方が分からないのなら、それは大事だ。

「うちらもびっくりして。甲板に出たら向こうの大学のチームも大騒ぎなんですよ」

船室から一階の甲板を見下ろすと、向こうの大学のチームが揉めに揉めていた。

「最後に見たの誰だよ！」

「いや、海の中で見たのは間違いないんだよ！」

「一緒に上がってきたのお前だろ！」

「そう、一緒に上がったはずなんだ。でも昼食ってるの見てなくって」

彼らはこちらに気付いて、呼び掛けた。

「目でかくって、日焼けして彫りが深い奴だよ。覚えてるよな⁉」

正直なところ、櫛田さんには会話した記憶がない。

ただ、飛行機でも、ホテルでも、船でも、そういう人物がいたようには思う。

とにかく大変だということになり、船長を呼んだ。

すぐに降りてきた船長は首を傾げていたが、双方の剣幕に押されて、ヨシオの無事の確認を優先する旨を了承した。

そのまま二手に分かれることになった。

付近の海を探すのが向こうの大学のチーム。

「こちらは船首から船尾へ、それぞれ別のルートで見回ったんです。船室に客室まであると、結構複雑で。念のために」

船内にそれらしき人影がないことはすぐに分かった。

船尾に着くと、ダイバー二人を囲むようにして、皆が集合していた。

ダイバーは座り込んで、震えていた。

「……駄目だ、潜れない」

何がダメで潜れないのか、周囲の人間が訊いているのだが、「ダメ」「無理」の一点張りで、少しも要領を得ない様子だった。

「ダイコンも、エアーも、変なんですよ!!」

「多分この変な、影のせいですよ!!」

櫛田さんは、船を囲う大きな影が、一際暗くなっているのに気付いた。

「……ねぇ、これ、まずいんじゃない……？」

彼女がそう漏らすと、静まり返った。

風と波の音。

そのときだ。

「ねえ！　こんなときに、悪いんですけど！」

向こうの大学の女子が、一人大きな声を上げた。

全員がそちらを見る。

「……ほんと、こんなこと言って、人でなしだなって……私ってホント、ポンコツだなって思うんですけど……！」

息を呑む。

全員の視線に晒され、泣きそうになりながら、彼女はこう言った。

「……〝ヨシオ〟って、誰ですか」

「それで、全員が『あっ――』みたいになって。ポカーンとしてたんです。うちらだけじゃなくて、あっちの大学の人たちも」

再び静寂があった。

そこで、誰かが言った。

「……馬鹿。ヨシオは……、ほら、色黒で、チャラい、顔の濃い奴だろ」

わいわいと喚き声が上がる。

さっきの彼女は、泣きそうになりながら、尚も追い打ちを掛ける。

「ですから……いました？　そんな人……。いつから……？」

おずおずと立ち上がる者もいた。

「……いや、俺も正直、話した覚えないし、見た記憶も微妙で……変じゃね？　同じサークルで、遠征まで来て、飛行機もホテルも一緒なのに……」

「いつからって言われると困るんだけど……ずっといたような気もするし、いなかったような……って何言ってるんだろ私」

みんなが顔を見合わせる。

誰もが、茫然としていた。

自分自身が信じられない顔だった。

そのとき、全員の顔を見て、櫛田さんは叫んだ。

「あっ！　さっき、ヨシオって人のこと言いに来た子がいない！」

彼女はそれに気付いたのだ。

さっきは突然のことで気にしなかったが、あの女子――櫛田さんらを呼びに来たあの地味な子には、それまで見覚えがないのだ。

今度は全員が櫛田さんを見た。

しどろもどろになる。

「あの……、おさげで、色白の、こう……声が低い女の子が……いますよねっていうか皆……見ましたよね？」

「分からん。誰だ」

「いや、見た気がするけど……一瞬だし、俺らすぐミーティングしちゃったから……」

彼らが混乱していると、船長がやってきた。

船長に説明すると、船長は不可解な顔をして、何度も首を傾げた。

「皆さん、落ち着いて下さい。この船には皆さんが九人。私を混ぜて十人。最初からそれしかいません」

数を数えた。
一、二、三、四……五、六、七、八、九。十。
全員が揃っている。

ここには、皆が言うようなヨシオも、何人かが見た呼びに来た女子も、最初からいなかったのだ。

船が動き出すと、暫く影は船に合わせて付いてきた。

だが港に近付くにつれ、離れていったのだそうだ。

「ごめんなさい、訳分かんないですよね。こんな話」

ホテルの帳簿では、二大学合わせて九名だった。

ブレイク俳優

ある山間の町がある。

自然に囲まれているおかげで、観光地でもあった。

ただ、谷と川が集落同士を遮っている。だから橋の数も多い。

カナさんは友人と二人、〈女子旅〉でその町を訪れた。

「ここ、スッゴイ景色綺麗だね」

友人が騒ぐ。

町で一番大きな橋であり、とても長く高い。

道路脇にあるパーキングスペースにレンタカーを駐めた。

他にも観光客が何組かいて、人気の程が窺えた。

橋には胸の下くらいの高さの手すりがあるが、その向こうには更に高いフェンスが立てられている。人の落下防止だろう。

網の間から遠くを望めば、絶景と言う外ない風景が広がっていた。

眼下は深く暗い谷になっており、その合間を白く細い川が流れている。

「映《ば》えやねー」

友人が笑いながらスマートフォンで自撮りを始めた。

カナさんも撮影しようと準備していると、少し離れた所に人の姿を見つけた。

年齢は自分達と同じくらいの、二十代前半か。

着ている服や靴は今流行りのものだ。とはいえ、こういった所に来るときにチョイスするものではないだろう。風景に対しチグハグで、悪目立ちしていた。

隣には背の高い、所謂イケメンがいる。

白シャツにジーンズというシンプルなファッションだったが、とてもよく似合っていた。

イケメンは女性の後ろから腰に手を回して微笑んでいる。

多分彼氏だろう。少し羨ましかったことを覚えている。

（いいんだ。今日は女子旅だ）

カナさんは橋の下がフレームに入るようにスマートフォンを傾けた。

何枚か写真を撮った後、友人と並んで自撮りを繰り返す。

「写真は撮ったから、ちゃんとこの目で見ようよ」

友人が笑った。

確かにそうだと、風景を楽しむ。

そのとき、遠くから声が聞こえたような気がした。
何処からだろう。振り返っても観光客しかいない。
「あれ？　下から？」
思わず橋の下、谷を覗き込んだ。
遥か遠い谷底の川の中に、一人の男性が立っている。
白いシャツとジーンズ姿で、どことなく最近ブレイクしたイケメン俳優に似ていた。
両手を大きく振って、上を見上げている。
（えー、何？　誰に手を降っているの？）
じっと見つめていると、谷底の俳優似が顔の前に両手を持ってきて、叫んだ。
「カーナーさぁーん！　カナさん！」
え？　私？　何で？　どうして知っているの？
驚きの余り、思わず目を見開く。
相手は何度も何度も呼び掛けてきた。
カナさんはフェンスの網を握りしめる。
（下に行かなくちゃ。呼んでる）
しかし、どうやったらそこまで辿り着けるのか。

あ。そうか、と思いついた。

フェンスをよじ登って乗り越え、下へダイブしたら最短距離じゃん、と。

名案に従って、靴を脱ぎ、揃える。その上にスマートフォンのロックを解除して乗せた。

これで安心、と足を手すりに掛けた、その瞬間だった。

「ちょっ！」

隣から強く引っ張られた。

友人が激しく動揺している。

「え？」

「え、じゃない。アンタ、何しているの？　飛び降りる気!?」

何を？　ああ、私は……何をしていたのか。そう谷底に行こうとしていて。

我に戻った。

谷底には誰もいない。いや。距離的に人がいたとしても、絶対にあんなにはっきりと見えないだろう。周囲にあるものから逆算して、もしそこに人がいても米粒くらいにしか見えないはずだ。

表情も人相も判別は難しい。ましてイケメン俳優に似ているかどうかなど分かるはずもない。

（何で？）

友人のことすら忘れ、ここから飛べば下へすぐ行けるなどと思ったのか。

呆然としていたところ、すぐ傍で女性の声がする。

「残念」

振り返ると、さっき見たチグハグな格好の女性がいる。

何が残念なのか。

一言も言い返せずにいると、女性はパーキングエリアへ立ち去っていく。

一台の車の運転席に乗り込んだ。真っ赤なスポーツカーだ。

そのまま凄い音を立てて、あっという間に走り去っていった。

「……あれ？　何で？」

周囲を見ても、あの女性と一緒にいたイケメンがいない。

あのスポーツカーにも乗っていなかった。

首を傾げている最中、友人が袖を引っ張る。

「早く行こう」

気が付くと周りが騒がしくなっていた。

どうもカナさんが自殺者だと思われたようだ。

友人と二人、足早にその場を立ち去った。

その晩、宿でカナさんの両足が腫れた。
足首もだが、何故か膝裏辺りも浮腫《むく》んだようになっている。
一晩で腫れは引いたが、友人にまた迷惑を掛けてしまった。

その女子旅以来、カナさんはテレビに出演する件のイケメン俳優が苦手になった。

手遅れ

与那城やよいさんが言う。

「私、田舎出身なんです」

実家のある場所はとても自然豊かだった。

「遊び場所には事欠きませんでしたね。何をしても良かった。今の公園みたいに禁止事項なんてなかった」

彼女が東京へ出てきたのは七年前。大学生になったときだ。

「最初は驚きましたよ。東京は人が住むような場所じゃないと思いました」

羽田空港から移動し、山手線に乗る頃にはすっかり気分が悪くなっていた。

「人酔いとかそういうものじゃありません。磁場がおかしいというのかな？　三半規管がおかしくなって、足の裏がふわふわしてしまう」

そんな彼女も今ではすっかり東京に慣れた。

現在、田舎に帰るのも一年に一度あるかないかだという。

「去年かな。従姉妹の結婚式のついでに、実家へ行きましたよ。そのとき、風景の変わりように驚きました。何年かの間に、山も川もスゴク……」
自然の様変わりにショックを受けた。失った物は大きく、二度と戻らないだろう。
なくなった自然について、祖父と語り合った。
そのとき、懐かしい話が出てきた。
「祖父との思い出話なんです。少し不思議な」
詳しく語ってもらった。

与那城さんがまだ幼い頃だ。
祖父と散歩しているとき、川の中に何かがいるのを見た。
言い表すには少し難しい。
黒い固まりが、淵の辺りにたゆたっている。
時には流れに逆らうような動きも見せた。
黒い藻の固まりにも感じるが、明らかに生き物のような挙動をしている。
とはいえ、魚の集団でもない。
どちらかといえば巨大なアメーバのような雰囲気があった。
自分と同じくらいの大きさじゃないかな、と思ったことを覚えている。

「ねぇ、じいちゃん。アレ、何？」

祖父は笑って答えた。

「アレは、カワタロよ。川のヌシよ」

河童さんみたいなものだと祖父は笑顔になる。

「俺の親父が教えてくれたとよ。やよいのひいじいちゃんやな」

懐かしそうな表情だ。

「オイもこんまか頃から何度か出くわしておるぞ。カワタロには」

祖父も最初こそ驚いたらしい。

しかし二度目か三度目の目撃時、興味が勝った。

正体を確かめてやれと川に飛び込んだのだ。

あと少しで捕まえられると思ったら、カワタロに足を取られ、溺れてしまった。皮膚に触れたそれは、ヌルヌルしていて気持ち悪かったようだ。

危うく死ぬところだったが、通りがかった大人に助けてもらい、九死に一生を得た。

助けてくれた大人はカワタロの姿は確認していない。

「カワタロは見えるもんには、見える。見えんもんには見えん」

祖父が断言する。

与那城さんは再び水中を見つめた。

カワタロはまだそこにいた。

青い流れの中に蠢くそれは、生きた黒いわらび餅のようだったと今となっては思う。

「じいちゃん。まだおるね」

「やよいは見えるんやなぁ。ええことよ」

嬉しそうな祖父と長い時間カワタロを眺め続けた。

しかし、ふと目を離した隙に姿を消してしまった。

「ああ、おらんごなったな」

残念そうな祖父の声を、昨日のことのように覚えている。

その出来事以来、カワタロのいる淵は与那城さんのお気に入りになった。

だが、その姿を見たのはその幼かったとき、一度だけだった。

もう一度みたいと祖父に駄々をこねたこともある。

「見えんでもよか。そういうものよ」

「ここん来ると、オイにはいるのが分かる。気配を感じる。お前も感じ取れるようになればよか。それでよか」

祖父の言葉はとても印象に残った――。

「で、従姉妹の結婚式で戻って、自然がなくなっていたでしょう？　そこでとても気になったんです」

カワタロのいた淵は、川はどうなったのか、と。

だから、祖父を誘ってあの日のように淵まで散歩をした。

途中途中で風景を確かめる。山の木々は伐採され、剥き出しになった地面が目立った。

所有者が亡くなり、手入れをする人間がいなくなったことが原因の一つだ。

また川も護岸工事によりコンクリートで整えられ、姿を変えていた。

「ほら、ここ。ここやぞ。淵があったのは」

祖父が土手から川面を指さす。

淵がない。コンクリートでまっすぐな流れになっている。

「カワタロも、もう、おらんごなったぞ。ここから姿を消した」

「カワタロ、いなくなったの？」

祖父は頷く。

「護岸工事が始まる少し前やったかな」

そこまで話して、祖父は少し黙った。

何かを伝えたいようなのだが、うまく言葉を選べないような様子だった。

急かさないように、与那城さんはじっと待った。

「……工事が始まる少し前よ。カワタロがうちに来た」

来た？　どういうことだろうか。

祖父はゆっくりだが、こんなことを話した。


秋が深まる季節だった。

日が暮れてから、祖父は車に忘れた物を取りに、外へ出た。

山間から月が顔を出している。恐ろしいほど美しいと祖父は感じた。

思わず見惚れていたとき、か細い声が聞こえる。

例えるなら、小さな女の子の声だろうか。しかし何を言っているのか分からない。

空耳か、それとも他の音を間違えているのか。

「おい、よう」

声を掛けるとそれは止んだ。

じっと相手の反応を待っていたが、何もなかったので家に入った。

「外で変な声が聞こえたが、お前か？」

祖母に訊ねるが首を振る。ふうん、そうかいと風呂へ水を溜めに向かった。
祖父の家は井戸を使っている。電動ポンプで汲み上げるようにしてあるのだ。
蛇口を捻り、風呂桶に水を張り始める。
何げなく浴室の窓を振り仰いだ。
思わず声が漏れた。
磨りガラスの向こうに丸い影が映っていたからだ。
一体誰か。家内なのか。いや、違う。
あの淵で感じた気配がそこにあった。
「カワタロか？」
そのとき、ガラスが鳴った。小さな手で叩くような音だった。
そして声が聞こえる。さっきのものによく似ていた。
何の意味も成さない音の羅列であるが、祖父には伝わった。
(さいなら、ち、いうちょるか？)
さいなら。さようなら。そう別れを告げている、と。
理屈じゃない。分かったのだ。
カワタロがさいなら、と言っているのだ。

磨りガラスの向こうから丸い影が消えた。

「行くな」

慌てて外へ飛び出し、月明かりの中カワタロを探す。

たが、もう、何もいなかった。


「初めて聞いたカワタロの声は、別れの言葉じゃった」

寂しそうな口調だ。

「それからよ。川が工事されて、昔の姿ではなくなった。それからはオイも気配も何も感じられなくなった。もう何年も前のことよ」

何も言えない。ただ祖父の傍に立つことしかできない。

孫が困っていると思ったのか、祖父は笑った。

「そうそう。オイも、オイの親父も間違えてたのかもな」

何を間違っていたのか。

「カワタロは、女の子やったのかもしれん」

祖父が聞いた声は小さな女の子のものだ。

だから、カワタロは女の子だろうと言う。

「じゃけん、カワタロやなくて、カワヒメとかだったかもなぁ、本当は」

いつもの陽気な口調だったが、やはり寂しさは拭えなかった。


従姉妹の披露宴に出席した後、与那城さんは東京へ戻ってきた。

日常の中、田舎のことを考えることが増えた。

「でも、戻ろうという気持ちにはなりません。私の生活基盤はここだから」

ただ、と彼女は眉を顰《ひそ》める。

「私の田舎、どうも外部から土地を買いに来ている人達がいるっぽくて」

外部とは何だろう。

「外資とか、海外の資産家とか。あと、東京の人達みたいです」

地元では少々問題視されているようだ。

何故なら、彼らがそこの土地を買う理由である。

「最近報道されている、アレですよ。色々な思惑で日本の土地を買い漁っている」

これ以上おかしなことになれば、カワタロどころか故郷、ひいては日本そのものが壊されてしまうかもしれないと、不安げだ。

実は、東京へ戻る彼女に祖父がこんなことを告げていた。

〈カワタロの「さいなら」は、淵がなくなるだけじゃなくて。ここらがイカン事になるからもうおれん、ってことだったのかもなぁ。現状を見ていると、俺ァそう感じちょる〉

祖父の真剣な眼差しについて話しながら、与那城さんは暗い表情を浮かべた。

「どうにかしないといけないんですけれどね。手遅れにならないうちに」

でも、何をしたらよいか分からないんです――。

通り道

「……妻の話なんですが」

団体職員の安田さんは、ゆっくりとした口調で語り始めた。

彼が洋子さんと結婚してから十五年ほど経過した、ある冬の話になる。

「まあ元々、少し変わったところはあったんですが……」

しかし、彼女が突然、玄関の土間に書き初め用紙のようなものを置き始めたときは、かなり困惑した。

上がり框《かまち》から扉に向かって、幅二十センチほどの白い紙が、唐突に置かれている。

何だかよく分からないが、そんなものが敷いてあると、ただでさえ狭い玄関がますます使いづらくなってしまう。

安田さんは余り意味のないこととは知りながらも、一応洋子さんに苦情を言った。

「だって、しかまさんが通る道なんだから。仕方ないじゃないの」

と、彼女はさも当然の如く言い放った。

しかまさん、って誰だよ、とは思ったものの、これ以上注意することを断念した。

十五年も一緒に生活している仲である。その辺の匙《さじ》加減は重々承知している。

「確かに、しかまさんって言ってたと思うんですけど。もしかしたら違っているかも知れません」

申し訳なさそうに頭を垂れながら、彼は呟いた。

一つだけ言えることは、彼女の今までの奇行から思えば、今回のは可愛いほうである。

窓のカーテンを全部取り払ったかと思ったら、窓ガラスに様々な色の紙を貼ったこともあったし、天井のシーリングカバーを真っ赤に塗装したこともあった。

風水とかそういうヤツなんですかね、と彼は言うが、どうにも少し違うような気がする。

「まあ、でも。それが役に立ったことがあるといいますか、何といいますか……」

彼女が窓ガラスに紙を貼って数日後の夜、突如隣家から出火した。

瞬く間に黒煙が立ちのぼり、屋内で燃え続ける炎が窓から垣間見えていた。

結局のところ隣家は全焼してしまったが、自宅は奇跡的に延焼を免れて、何の影響もなかったのである。

また、天井のシーリングカバーを真っ赤に塗った数日後には、未曾有の大震災が東北・関東地方を襲った。

彼らの住む地域もかなりの被害に遭遇したが、彼の家は奇跡的に何の被害にも遭わなかったのであった。

私が言葉を濁していると、安田さんは笑みを浮かべながら言った。

「とにかく、そんな感じですよ。効果があったのか、なかったのか……」

他にも、と例を幾つか挙げながら、彼は洋子さんの奇行には何らかの理由があるのではないかと推察しているようであった。

とにかく、洋子さんは言い出したら聞かない性格であったし、今回も何かの理由があるのかもしれないといった訳で、こういった場合は夫が諦めるのが常になっていた。所謂、夫婦円満の秘訣である。

玄関の一部に紙が敷いてあることぐらいであれば、大した問題にならないこともまた事実であった。

「いずれにせよ、すぐに飽きると思っていたんですが……」

しかしいつしか、玄関の紙は日常になってしまった。

敷いてある場所柄、汚れやすいらしく、定期的に新しいものに替えているのだろう。

偶に、真っ新《さら》な白い紙が敷かれているのに気付いたりもした。

だが、所詮それだけのことである。彼自身もその儀式めいたものに次第に慣れていき、とりたてて気にすることもなくなっていった。

そんな、ある日の夜。

安田さんは最寄り駅から自宅に向かって歩いていた。

彼の自宅は袋小路の突き当たりにあるのだが、その袋小路の曲がり角に差し掛かった辺りで、奇妙なものとすれ違った。

自分の脹ら脛の中程までしか身長のない、極彩色の人間が三人である。

もちろん、恐らく人間のような、としか言いようがない存在であった。

何せ全身がまだら模様になっており、そのいずれもがとんでもない色に染まっていたのである。

よく見ると、服を着ている訳ではなく、全て肌の色であった。

そんな小さな人間がいる訳がないし、しかもあんなにケバケバしい色をしているなど、意味が分からない。

しかし、彼の心は不安感で一杯になってしまった。

ひょっとして自分の家から来たのではないだろうか？

おかしな話ではあるが、何故かそうとしか考えられない。

安田さんは、走った。そう長くない距離ではあったが、全力で疾走したのである。

慌てて取り落としそうになりながらも震える手で鍵を開けると、ある意味恐ろしいものが目に入ってきた。

それは、例の紙であった。

妻が滅法ハマっている、白い紙。

その白い紙に、無数の小さな足跡が付いていたのだ。

しかも、それだけではない。帰宅すると必ず「お帰り」と声を掛けてくる妻の声が、全く聞こえてこない。

周囲に聞こえそうなほど大きな音で、心臓が早鐘を打ち始める。

マズい。何だか分からないが、これはマズい。

彼は靴を脱ぐのももどかしく、妻の名前を呼びながら居間へ向かっていった。

「ようこ！　ああ、良かった……」

居間に、妻はいた。

炬燵に寄り掛かって眠っているようだ。

しかし、声を掛けても身体を揺り動かしても、彼女はぴくりとも動かない。

安田さんの心に、ある懸念が急激にその存在感を増していく。

けれど、けれど……身体もまだ暖かいし、顔も穏やかで、本当に眠っているようにしか見えない。

認められない。認めたくない。

彼が慌てて救急車を呼ぶまで、少し時間が掛かってしまった。

「不審死なので解剖やら何やらありましたけど、妻の死因はよく分からなかったみたいです」

死因は、心不全であった。

つまり、心臓が止まったから死んだ、ということ以外分からない。

突然の妻の死に対して精神が対応できずに、安田さんは葬式の最中、終始呆けたような表情をしていたらしい。

しかし、自分に訪れたダメージとは違って、妻の親族達の妙に悟ったような態度が気になって仕方がなかった。

「洋子ちゃんもなあ、まさか。こんなに早くシカマさんが来るとは思っていなかったなあ」

「早かったよなあ。まだまだ来ないと思ってたんだけどなあ」

彼女の親戚らしき連中の会話が、安田さんの耳に容赦なく飛び込んでくる。

込みあげてくる悲痛さで耐えられなくなってしまい、安田さんは喪主にも拘わらず、その場から飛び出してしまった。

「今ではね、何となく分かるんですよ」

親戚連中の言ってる意味が、と安田さんは言った。

彼の見た例の小さな人間達。彼らはあの日以来、安田さんの前に一度たりとも姿を現していない。

「そう。つまりは、そういうことなんじゃないでしょうか」

排水口

間もなく大晦日を迎えようとしていた、ある昼下がり。

都内のアパートに一人で暮らしている相森さんは、お世辞にも清潔とは言えない台所の掃除をしていた。

大掃除はおろか日頃の掃除にすら縁のない生活を送っていたが、テレビで流れるコマーシャルに感化されたのか、漸く重い腰を上げたのであった。

彼が住み始めてから間もなく五年目に突入するところだった。

その間、所謂害虫や害獣の類に悩まされたことは一度もなかったが、ここ最近台所の排水の調子がよろしくなかったのである。

洗い物をして水を流してもなかなか流れなかったり、流したはずの汚水が押し戻されてきたことも幾度となく経験していた。

彼はスーパーで買ってきた、液体パイプクリーナーを排水口に注ぎ込んだ。

若干粘りを持ったその液体は、ゆっくりと排水口付近に貯まり始める。

やがてその無色の液体がどす黒く変色し始めたかと思うと、煙のようなものが辺りに充満する。

と同時に、何かが焼ける臭いが漂い始めた。

まるで大量の髪の毛を焼いたかのような、濃厚な臭気がむっと鼻をつく。

相森さんは酷く慌てて、水道の蛇口を勢いよく捻るが、煙と臭いの勢いは止まらない。

彼は何を思ったのか、排水口の中に右手を突っ込んだ。

途端、手の甲に鋭い痛みが走った。

まるで無数の棘《とげ》に突き刺されたかのように、激しく責め苛む。

咄嗟《とっさ》に痛む右手を引っこ抜くと、何かが一緒に姿を現した。

初めは意味が分からなかったが、その正体が判明するなり、彼は大声を張り上げそうになってしまった。

真っ黒な剛毛に覆われた霊長類を思わせる大きな掌が、彼の手と一緒に現れたのである。

汚れの付着した乳白色の鉤爪は、彼の手の甲にひっしと食い込んでいる。

水切りにあった包丁で思わず切りつけると、その手は驚愕したかのように排水口の奥底へと瞬時に姿を隠してしまった。

今見たことが信じられずに、目を皿のようにして自分の右手を凝視してみる。

しかし、皮膚に残された何者かによる血の滲んだ爪痕が、今の出来事を証明しているのであった。

「そりゃ、引っ越したいですよ」

語気を強めながら彼は言う。

しかし、引っ越したくても引っ越せる経済状況ではない。

その後、様々な方法を試した彼は、一つの妙案に辿り着いた。

「ヤツはね、熱湯に弱いみたいなんですよ」

その事実に気が付いたのは、彼がたまたまカップ焼きそばを食べようとしていたときであった。

カップ麺の湯切りをしているとき、その手が苦しそうに悶えるのを一瞬だけ目撃した。

その姿を目撃して以来、彼の夕飯にカップ焼きそばが登場する頻度が高くなった。

「さすがに飽きてきましたけど、そうも言ってられないですね」

本日の彼の夕飯は、またしてもカップ焼きそばである。

お客三景

小田さんは二十代の終わり頃まで、接客と訪問販売に従事していたことがある。
訪れるのは施設や個人宅が多い。
彼女曰く。
「この仕事、やはり変なことやおかしなことを見たり聞いたりします」
当然同僚達も同じく、だった。
以下は小田さんとその紹介で得られた話である。
無論守秘義務に関して細心の注意を払った。かなり省略してあるが御理解頂きたい。

＊　＊　＊

小田さんが二十代も半ばを過ぎて、この仕事に慣れ始めた頃だ。
彼女は客先でこんな光景に出くわした。

お得意様にコジマという男性がいた。三十代頭のサラリーマンだ。

駅近くのアパートに住んでいる。小田さんはここに月二回ほど訪問していた。

最初に訪れたとき、びっくりしたことを覚えている。

2LDKの部屋には至る所に〈オカルト・スピリチュアルグッズ〉が並んでいたからだ。本棚もその類らしき本や雑誌で埋め尽くされていた。

「僕はこう言う世界があると思っている」

そんな内容の話を始めたので、少し驚いた。

しかし客なのできちんと話を合わせた。

一時間以上が過ぎた頃か。途中で気分がもの凄く悪くなった。

激しい吐き気を伴うもので、耐えられそうにない。トイレを借りるのも気が引けて、中座させてもらった。

アパートから出てすぐにあるコンビニで吐いた。

戻しながらその色に驚く。

吐瀉物《としゃぶつ》は真っ黒だ。あっという間に便器に溜まっていく。

吐くだけ吐いて、漸く落ち着いた。

外で水を飲みながら考える。

黒い物を食べたか。いや。朝はお茶だった。海苔も食べていない。さっきコジマが出してくれたのはペットボトルの水だ。色はない。

食べた物に怪しい物はなかったか。当たりそうなものに心当たりはない。

一瞬、胃の中で出血しているのかと考えたが、先日の検診では何ともなかった。

原因は分からなかった。


それからコジマの家に何度か訪問するようになった。

が、その度に小田さんは吐いた。

初回のようなことは減ったが、やはり稀に黒くなる。

時には赤い物が混じることがあった。どうも吐き過ぎで喉が切れるらしい。

余りに何度も体調不良が起きるので、店長に話をした。

「コジマさんの担当を外して、他の人にしてほしい」

「理由は？」

「あのアパート、シックハウスか何かで私の体調が悪くなるから」

店長は少し考えた後、了承してくれた。

ただし、コジマ本人には自分で説明をしろと言われる。

何と言えば角が立たないか。思案して出てきた答えは「店の方針で」だった。
そして、コジマの部屋へ訪問することになった。
いつも通りだったが、途中で例の話を打ち明ける。
コジマは無言で聞いていたが、最後に頭を深く下げた。
「小田さん、ありがとう」
慌てて頭を上げてもらった。彼は泣いていた。
そのまま玄関ドアまで見送ってくれた。何となく罪悪感が残った。
どういうことか、その日は体調不良にならなかった。

——だが、一週間を待たずして小田さんの家に一通の封書が届いた。
A４用紙が入るくらいの、クラフト紙封筒だ。
微妙に膨らんでおり、書類だけではなさそうだ。
しかし送り主の名も、受取人の名も記載されていない。
一体何処から誰が届けたのか。
少しだけ厭な予感がする。が、部屋に入って落ち着いてから、封を開けてみた。
中を覗くがよく分からない。ごちゃっとした何かがある。

取り出してみて、我が目を疑った。

L判程度の写真だろうか。その周囲には大量の紐が巻かれていて、何が写っているか分からない。紐はたこ糸状であったが、所々が赤や黒で染められたまだらのものだ。

写真が気になる。

紐を解こうとするが、結び目が見つからなかった。どうやっているのだろう。

写真そのものを撓《たわ》ませて、やっと引きずり出すことができた。

ハッと息を呑んだ。

人の上半身の写真だ。

だが、その画は歪んでいる。魚眼レンズを通したような感じだ。

しかしそれでも被写体が誰かは分かる。

（わたし）

小田さんだった。

向かって右のほうを向いた、斜めの顔。

（これ、ドアスコープ？）

ドアスコープのレンズ越しに撮影されたように思える。魚眼風なのはそのせいだ。

一体誰がこんな物を。いや、それ以前にこれはいつ何処で撮られたのか。

着ている服や髪型から考えて、数カ月前か。一年までは経たない。
ハッと気が付いた。
（コジマさんの所へ、初めて訪問した頃だ）
疑問しか浮かばない。もしかしたら彼が写したのか。写真を何度も見返した。
その際、あれ？　と勘づいた。
写真は二枚重ねになっている。何故気が付かなかったのだろう。
重なりを外した瞬間、目の前が真っ暗になりそうだった。
二枚目の写真に写っていたのは、コジマだった。
ピシッと髪型を整えたスーツ姿のポートレート。謂わば、お見合い写真のような。
（やっぱりコジマさんの仕業なんだ）
心拍数が早くなっているせいか、気分が悪い。
これらをどう処理しようか迷っているとき、もうひとつ見つけてしまった。
自分が写っている写真の裏に、何か文字がある。
黒く太い文字で書かれていたのは――。
〈婚　姻　成　就〉

であったが、その四文字の上に細い打ち消し線が引かれていた。

意味を理解した途端、貧血を起こしたようになりその場で蹲ってしまった。

が、これらをどうにかしないといけないことだけは分かる。

手動シュレッダーに写真を掛けて、ズタズタにした。

封筒、紐の固まりとともに分厚い紙製の小型手提げ袋に入れてから、ガムテープで厳重に封をする。そこまで終えたら今度は近場のコンビニのレジ袋に入れ、結んだ。

そのまま外へ飛び出し、コンビニ店内のゴミ箱へ入れる。

全身から力が抜け、悪寒がし始めた。

部屋に戻ると吐き下しをしてしまう。

それから三日ほど高熱と嘔吐で苦しんだ。吐瀉物はまた、黒くなっていた。


体調が戻ってすぐ、小田さんは引っ越した。

どう考えてもコジマが自分の家を知っているとしか思えなかったからだ。

貯金に大ダメージを受けたが、背に腹は代えられない。

そのおかげもあってか、あのような封筒は二度と届かなくなった。

と同時にコジマは店に連絡をしてこなくなった。

ネットで確認すると、コジマのアパートは今もある。

更に調べると瑕疵《かし》物件だとあった。

部屋番号までは分からないが、小田さんに調べる気はない。当然だろう。

コジマの今など、知りたくもない。

* * *

三十代後半の彼女はサコと呼ばれていた。サコは客先でこんな光景に出くわした。

訪れたのは古い平屋建ての一軒家。草が生え放題で荒れきった様子だ。

相手は四十代の男性で、独身だった。

中に入る前から家の周囲には異臭が漂っている。

屋内では猫を多頭飼いしており、臭いの原因が理解できた。

玄関から上がると、やけに臑や脹ら脛に触れる物がある。猫かと見ても何もない。
招き入れられたリビングのカーペットには猫の毛が絡まりついている。
座ると服に毛が付きそうで困ったが、仕方なく無視をした。
商談の前に、ふと隣の部屋を見遣った。
思わず声を出しそうになった。
そこには沢山の〈白い陶器製の蓋付き壺〉が並んでいた。
蓋と本体を封じるように長方形の札が貼ってある。
よく見ればそれぞれの札に〈ミー〉だの〈チョメ〉だの書いてあった。
猫の名前だろうか。
数にして二十以上はくだらないだろう。足の踏み場もない。
だからか知らないが、カーテンは閉めっぱなしのようで外の光が入っていない。
その薄暗い部屋、並んだ壺の向こう側に何かの写真が掛けてあった。
大きく引き延ばしたであろうそれは、畳半畳くらいの大きさだった。
ジグソーパズルなどを入れるパネルフレームに納められている。
分からないのはその中身だ。
茶色い毛並みのトイプードルのポートレート風なのだが、多数の落書きがされている。

どれも太字で〈糞犬〉〈死ね〉〈猫好きの敵〉〈ビッチの犬〉のような罵詈雑言だ。
こちらの視線に勘づいたのか。客の男はニヤニヤ顔でこう言った。
「亡くなったうちのコ達がアイツを見張ってくれているんだ」
何のことか分からない。
男は立ち上がると、何故かリビングのカーテンを閉め始める。
同時に、白い壺がカチャカチャ鳴り始めた。
それも一つではない。多分、全ての壺が、だろう。
意味が分からない。
男が壺のほうを向いて、声を上げた。
「この人は、大事な人だから！　お前達と同じだから！」
音がぴたりと止んだ。男がこちらを振り返る。
笑顔が急に真顔になった。
「あ、アンタ、ダメだ。帰ってくれ」
追い出された。
外に出て、後ろを振り返る。
ドアが少し開いていた。その隙間から男がこちらを睨み付けている。

ゾッとして小走りで家から離れた。

次の仕事予定まで時間が余ってしまった。各方面に連絡しないといけない。だが、それより猫の毛が気になる。これでは他の訪問等に影響するだろう。

強く手で払っていると、何かが指に絡みついた。

長いパーマを当てた髪の毛で、明るい色をしている。毛根側であろう部分は黒い。サコの髪の毛はストレートでここまで長くない。色味も違う。

同居人でもいるのか。それとも他の来客のものか。

髪の毛を棄て、再びスカートやタイツの表面を払い落としていると、何かが目の前にぽとりと落ちた。

ピアスの留め具だった。

思わず自分の耳に指をやったが、すぐに思い出した。

訪問営業のときはピアスやアクセサリーはしないようにしている。何かの弾みに落としてなくしても困るからだ。

ではこの留め具は一体なんだ。拾い上げようとしたとき、もう一度何かが落ちてくる。

今度はピアス本体だった。

ピンクの石が嵌《は》まったもので、シンプルな形をしている。

これも自分のものではない。拾い上げて留め具と合わせた。

同僚の誰かの物が何かの拍子に引っかかっていたのだろうか。

持って帰って皆に見せたが、誰一人自分の物ではないと言う。

「両方揃っていたら使えるので貰ってもいいけど、片方じゃねぇ」

誰かが残念そうに笑った。


翌日、サコに対し、クレームの電話が入った。

昨日の男のようだった。

内容は〈昨日の女性は失礼な人間なので、これからは他の人にしてくれ〉。

当然叱られたが、きちんと昨日のことを話した。

だが、上からの怒りは収まらず、結局男性の担当には別の女性があてがわれた。

しかしその後も同じようなクレームが入れられる。

結局サコから三人連続で男は文句の電話を掛けてきた。

文句は言うものの、それでも男は連絡をしてくる。

店舗は仕方なく、入ったばかりの女の子をあてがった。

若ければ問題を起こしても煙に巻けるだろうし、最悪全責任を被せて辞めさせれば良いと、店が判断したからだった。
それからすぐに、その女の子は来なくなってしまった。
訊けば「無断で辞めた。最近の子は礼儀がなっていない」とぼやかれる。
ああ、そうなのか。ではあの男性客の担当はどうなるのだろうか。
「あの客はもう始末に負えない。ブラック（リスト）入りにした」
程なく、男は二度と電話を掛けてくることはなくなった。
だから、その後どうなったか知らない。

――と言いつつ、サコはあの男の自宅を知っている。
半年くらいしてから、一度物見遊山で見に行ったことがある。
昼間、友人に車を運転してもらい、男の家の前をゆっくり通った。
臭いが厭だから、きっちり窓は閉めておく。
家は変わらぬ姿であった。
が、丁度玄関正面を抜けるとき、ドアが開いた。
隙間から、男が顔を覗かせた。
笑っており、何故かこちらを指さしている。

一気に血の気が引いた。
途端に、車内に異臭が充満した。
あの、男の家の中で嗅いだアレだ。
「何か、臭い。何これ？」
友人も気付いた。窓を開け、換気する。消えない。
延々走っても臭いは残る。堪らずコンビニに停めてもらい、外へ出た。
友人も降りてくる。
同時に声が出た。
「何付けてるの⁉」
身体中に猫の毛のような物がたっぷり付着していた。
サコと友人はお互い黒っぽい服を着ていたので余計に目立つ。
特にボトムの下腹部分とおしりの所が多い。
「私、猫飼っていないけど。サコ、あんた猫飼いだったっけ？」
違う。飼ったことはない。
ハッと思いつき、車のシートを見た。
どうしてなのか、猫の毛一本付いていていない。

友人も全てを悟ったのか。顔が青くなっていた。

以降、サコは猫と、猫を飼う人間が苦手になった。

＊　＊　＊

ナオミは二十代前半。

十代のときに結婚を失敗し、今は独身である。ナオミは客先でこんな光景に出くわした。

学生や独身男性向けの賃貸マンションの一室だった。

初めて訪れる所で、新規の顧客である。

五階に上りチャイムを鳴らすと、向こう側から人の気配がする。

ややあってドアが開かれた。

チェーンの隙間から若い男が顔を出す。

マイルドヤンキー的なビジュアルで、イケメンであった。

が、室内から嗅いだことのない甘い香りがする。

香水やお香ではなく、煙草の臭いに少しだけ似ていたような気もした。

チェーンが外される。

「早　く　入　っ　て」

早く入れと急かす割に、何となく緩慢な喋りだ。目がトロンとしている。

何となく事情が飲み込めた。ここで既に帰りたくなった。

大きく開かれたドア越しに小さなテーブルが見える。

その向こうに若い男が二人座っていた。

ああ、これはまずい奴だなと察知する。

後ろ手にスマートフォンを握った。

目の前にいる男と適当に喋りながら、奥の二人の動きに注意する。

(今だ)

ナオミは意を決して一芝居打った。

「スミマセン。ちょっと電話来たので、あちらでお話ししてきます。少々お待ち下さい」

スマートフォンをタップしながら通路をエレベーターに向けて歩く。

通話アプリの一番上に来ている、仲の良い男性の友人に電話を掛けた。

背後から追いかけてこないか。来るな。念じながら、早く繋がることを祈った。

『どうしたの？』
エレベーターの前に来たとき友人が出た。
身体で隠して下りボタンを押す。男の部屋を盗み見た。
まだこちらを見つめている。戻ってくるのを待っているのだ。
「あの、お仕事の件なんですけどー」
ナオミはわざと会話を聞かせるような音量で喋った。
『はあ？　ナオミ、何言っているの？』
友人は訝しげな声を上げる。が、すぐに事態を飲み込んだようだ。
ナオミが接客業かつ訪問販売をしていることを知っている。
『今、電話しなくちゃいけないんだな？　適当に相槌を打つから』
友人の言葉に甘えて、一方的に喋り続ける。
エレベーターが来た。
ドアが開く。ナオミは一気に飛び込んで、〈閉〉ボタンを連打した。
通路を走ってくるような足音がする。
焦りが頂点に達する前、ドアは閉まりきり、箱は下へ降り始めた。
ほっとする。と同時に階段で追いかけられたら……と厭な想像が浮かんだ。

「今、ちょっとヤバい客の所から逃げているとこ。無事になるまで電話続けて。あとここの場所、教えるから助けてって言ったら、警察に連絡して」

『分かった』

友人にメモを取らせた。

エレベーターは下に着いた。

ドアが開く。誰もいない。ほっとして敷地内から外へ飛び出す。

スマートフォンを耳に当てながら、振り返った。

マンションの通路側がこちら側を向いていることに気付いた。

五階へ視線を上げる。

息が止まりそうになるほど驚いた。

五階の通路に人が立っている。あの男を中心に、左右に痩せ細った女が一人ずつ。

三人でこちらを見下ろしていた。

女はそれぞれ黒髪と金髪で、双方ロングヘア。色は白く、着ている服はゴスっぽかった。

女もいたのかとゾッとする。だが、その女達は何処か違和感があった。

生きた人間の雰囲気がない。

強いて言えば等身大の人形にも見える。

しかし、女達は煙草らしき物を吸っていた。やはり人間だ。

男が大きく口を開いて何かを叫んでいる。だが、声は聞こえない。無音の動画のようだ。

もう見たくない。

ナオミは通話も忘れて、一気に駆け出した。

途中、友人のことを思い出し一言告げて切った。

「後から掛け直す」と。


駅近く、人が多いファーストフードへ入り人心地つく。

電話していた友人へ、メッセージアプリで連絡を入れた。

また、店へも今回の件について電話しなくてはならない。そうなるとここから出て外で掛けなくてはならないだろう。

しかしファーストフードから出たくなかった。

悩んでいると、例の友人から返信が来る。

『大丈夫か？』

「大丈夫」

『今、電話できるか？』

「店の中だからできない」

『できるようになったら連絡してくれ。それか仕事上がりに会えたら会おう』

「りよ《了解》」

連絡を追え、次に同僚へメールを入れた。合流できないか訊ねるためだ。

運良く近くに来ていたので、迎えに来てもらって店に戻った。

顛末を報告する。

「相手はそういう輩だろうから、もう二度と受け付けないように」

訪問販売をしていると相手側の問題によるトラブルが多いからと、逆に労《ねぎら》われた。

その夜、遅い時間に仕事が終わった。

友人に連絡を入れると、すぐに来ると言う。

待ち合わせ場所に車で来たので同乗し、夜中のドライブになった。

何となく友人の表情が硬い。

「――今日の仕事のトラブルって?」

訊かれたので何があったかを教える。

友人は思案顔になり、言った。

「無事で良かった」

何か奥歯に物が挟まったような物言いだった。

気になるので問い詰めたところ、引くなよと前置きされた。

「お前、あの通話のとき、途中何も喋っていないときあったろ？」

確かにそうだ。少なくともエレベーターを降りてからは余り声を出していない。

友人は間を空けてから教えてくれた。

「変なものが聞こえた」

曰く、ナオミではない声がした。

タイミングはナオミ自身の声が途絶えたときだ。ずっと若い女の声が聞こえていた。

「位置的に、スマホの通話口のすぐ近くで喋っているような感覚」

声質はテレビで見るような女性アイドル特有の、鼻に掛かったような声だ。

そして喋っている内容は罵詈雑言に近いものである。

一例を挙げるなら、男のことや憎い同性のことだろうか。

「もしかしたら、スマホを他の奴に奪われたんじゃないかって。警察へ通報すべきかと思っていた。そこでお前が『後から掛け直す』って言ったから待ったんだ」

そんなことになっていたのか。

しかし別の音声が混じるなど考えられない。これまで一度もなかったし、そもそもずっと自分がスマートフォン本体を握っていた。

改めて身体が震えてくる。

もう独り暮らしのアパートには戻れない。友人が気付いてくれたのか。泊まっていけと誘ってくれた。有り難くその申し出を受けた。

のだが、二人が眠りに就いた朝方、ナオミは悪夢に苛まれた。

深く眠れず、ぐったりしながら起きる。

何故か友人も同時に起き上がった。思わずお互いに顔を見合わせる。

「悪い夢見ちゃった」

「俺も」

どんな夢か、話し合って分かった。

二人同時に同じ悪夢を見ていた。

原色の世界、多数の人間を背負って、延々と坂を下っていく。

重くて重くて、辛くて苦しい。

行く先は真っ黒な奈落だ。落ちる訳にはいかない。

のに、途中耐えられなくなって滑り落ちる。

奈落の中はモノトーンの地獄だ。

自分の周りで、顔だけ老婆の若い女達が盆踊りをしている。

シーンの羅列だけだとギャグだが、やはり悪夢だった。


げんなりしながら起き出すと、突然電話が鳴った。

固定電話の音だ。しかし友人の家に回線は引かれていない。

続けて友人のスマートフォンが鳴る。

ナオミのスマートフォンも鳴る。

それぞれ手に取る。何故か友人にはナオミから、ナオミには友人からの着信だった。

呆然としている中、唐突に全ての音が止んだ。


その日、ナオミと友人は仕事を休み、神社で厄祓いをしてもらった。

効果があったのかどうかは分からないが、何も起こることがなかった。

余談であるが、例の事件から一年に満たない頃、ナオミが訪問した地区で非合法な植物を栽培して捕まった人達がいた――と知った。

しかしあのマンションの、あの男達かどうかまでは分からない。

できとっとよ

金木さんは幼い頃から犬が怖くて仕方がない。
現在、二十九歳の大人になっても、それは変わらない。
彼女にとって、犬は小型犬だろうが大型犬だろうが、恐怖の対象だ。
理由はいつ何時も犬が襲ってくるから、である。
飼い主がいれば止めてもらえるが、放し飼いや脱走犬だと飛びかかられる。
これまで大怪我をしてこなかったことだけが幸いだった。
「犬の顔が悪魔に見えます。それくらい怖い」
悪魔とは穏やかではない。
ただ犬に襲われた経験だけで怖がっているとは思えない発言だ。どういうことなのか。
彼女は戸惑いながら、話し始めた。
実は金木家全員が犬嫌いだった。
理由もほぼ同じで「犬は怖いから」だ。

考えてみれば、祖父の代から犬嫌いが始まっているように思う。

親族が集まる正月に確認したが、父方の血筋の人間は皆が犬嫌いだった。

そして犬からとても嫌われていることが分かった。

逆に母方や他、金木家の外から来ている人達は犬好きも多い。

誰かが言った。

「金木の祖先が犬に祟られちょっとやないと?」

冗談だったはずの発言が本当にそうではないかと議論になった。

そこで祖父がポツリと漏らした。

「そらそうやと。金木ン家は犬ば、喰ろうてきたんやけん」


金木の家は元々北九州の人間であった。

戦後の混乱期に一財産築き上げた一族である。

この金木の礎を築いた男——所謂、金木さんの曽祖父は犬を殺していた。

皮は加工して売り、肉は食べた。

余った肉は一族郎党へ配って歩く。皆、美味しい美味しいと喜んで食べていた。

そればかりではなく、曽祖父は犬を面白半分に殺した。

殺し方も残忍きわまりない方法を採ることを好んだようだ。

この曽祖父の行いに、近くの寺の住職が注意した。

「生きるには生命を殺して喰わないといけない。だが、無益な殺生をするな」

曽祖父は激怒した。

仲間を募り、寺を襲撃した。

まず、殺した犬の内臓と骨を寺の敷地内に大量に放り込む。

出てきた住職が絶句していると、仲間らと殴る蹴るの暴行を加えた。

この事件の後、曽祖父はこう嘯いたという。

「犬ば殺して喰ろうても、寺の坊主ば半殺ししても、オイには何にもなかったい！」

確かに曽祖父は長生きをした。

九十以上まで生きた。

が、死ぬ直前、転んで足の骨を折り、そのまま合併症で死んだ。

苦しんで苦しんで、苦しみ抜いてからの死であった。

「死ン《ぬ》ちょこっと前ったい。曾祖父さんの病室に知らん人が来たったたい」

付き添いをしていた祖父がトイレへ行ったときだ。

用を済ませ病室へ向かうと、丁度誰かが曾祖父の部屋から出てくるところだった。

眉が太くキリッとした顔をした、少し髪の長い青年だ。

背が高く、服も洒落ている。まるで映画スターのようだった。

男性は祖父の姿を認め、会釈して何処かへ去っていった。

様子から見て見舞客だろう。

病室に入ると曾祖父は眠っていた。

今すれ違った人物が誰なのか見ていないようだった。

一体何者か。調べてみたが分からない。謎の人物だった。

ところがその男性が来てから、曾祖父が怯えるようになった。

見えもしないものを見ては喚くのだ。

頭がおかしくなったのかと心配していたが、祖父は見てしまった。

曾祖父のベッドの周りをグルグル回る黒い影を。

影が出ると、病室中に酷い獣臭が充満する。

目を擦ると影も臭いも消えたから、ほんの一瞬のことだろう。だが間違いではない。

そして、曾祖父が死ぬ瞬間、病室に居合わせた誰もが鼻を摘まむほどの犬臭さが満ちた。

誰かが囁いた。

「殺した犬どもが、迎えに来たったい……」

曽祖父の死に顔は、酷い物だった。


余りの話に、金木さんは嫌悪感が先立つ。

全て本当であるなら辻褄は合うが、信じて良い物か。

祖父は本当だと断言する。

「金木のもんは皆、血肉に犬の肉が入っとるったい。そら犬に恨まれるったい」

オイも犬の肉でできとっとよと、ケタケタ嗤った。

金木さんは喉元にせり上がってくる物を感じた。


金木さんは今も犬が怖い。

怖いの意味や理由を、もう一言で言い表せられない。

「やはり犬の顔が、悪魔に見えます」

自己責任

あんまりこんな話さァ、したくないけどね。
優羽と会ったのはキャバクラだよ。
まあ、美人ではなかったね。田舎から出てきたばっかり、って感じ。
若いのだけが取り柄です、みたいな。
逆にスレてるのは面倒だからさァ。
そういうのは既に男がいたりするからね。
ん？　優羽はそんな感じじゃなかったな。
実際チョロかったよ。
俺って親切だから、さ。
もっと稼げるって、フーゾクのほうに紹介した訳よ。
頭と同じで緩いんだろうな。色々と。

女ってのはさァ、バカだから。

殴んないと分かんないとこあるだろ。
言っても分からないよ。
でもさ、あれはあれでケッコー疲れるんだよね、怪我もするし。
骨折した奴もいるからね、ジッサイ。いや、本当だって。
あー、そんとき殴られてた女？　どうなってたかなんて知りたくないね。
そんなん、自己責任だろ。
殴られたくて殴られてるんじゃないの？
嫌だったら逃げればいいだけなんじゃね。
まあ、俺らだってあんまり酷いことは滅多にしないよ。
店に出れないと困るんだし。
あと、泣かれるのも困る。
うるせーのよ、いつまでもいつまでも。
たまーにさァ、反撃する奴もいるね。
叫んだり、物投げたりしやがってさ。
あれはあれで困るよね。
一回隣の部屋の奴がケーサツ呼んじゃってさ。

めんどくせえったら、ありゃしねえよ。
けど、優羽はどれでもないね。
殴られても蹴られても、黙ってじっとしてる。
泣きもしない。
これはこれでさ、何だか気味が悪くなってくるんだよな。
だからついつい、やり過ぎちゃったってこともあったよね。
でも、仕方がないだろ。
強情だと可愛くないよな。

けどさ、全部ダメって訳じゃない。
少しぐらいはいいとこもあったんだよ。
掃除とか結構ちゃんとやってたね。
玄関に花とか置いてさ。
そういうのって、何だか普通の家みたいだよな。
汚いのが全然平気な女もいるからね。
いや、ホント。

そういうのって、どういう教育受けてきたんだって思うよ。

俺は案外きれい好きだしな。まあ、自分じゃやらんけど。


最悪だったのはさ、優羽が妊娠したこと。

「どうしよう」

何て言われてもさ、どうしようもない訳だから。

ちょっと考えれば分かることだよな、ジッサイ。

大体さ、女のほうでちゃんとしてれば子供なんてできる訳ないだろ。

妊娠されるって、ホント嫌だよな。

うん、迷惑極まりない。

言わなくても分かるだろーと思ったけど、言わなきゃ分かんないみたいだったから遂に言ったね。

「堕ろせばいいじゃんそんなの」

したら、泣いてやんの。

殴っても泣かない女なのにな。変なヤツだよ。

無理だから。堕ろせ。

大体さ、生まれてきてもしょうがないだろ。
こんなとこにさ。父親とか、母親とかそんなのになれるわけねーだろ。
けど、言っても聞かなかったね。こればっかりは。
そっから先はちょっと修羅場。
俺もいい加減ブチ切れてたから。
ちょっとやり過ぎた。
いや、かなりかな。
んー、まあいいじゃん。そこんとこは。聞きたくないだろ、別に。
んで結局、子供はあれだ、流産流産。
だから、結果オーライだ。
問題はその後のことだよ。
優羽は仕事ができなくなっちゃったからね。
少なくとも、暫くの間は。
ずっと寝てる訳、家で。
俺も生活厳しいしさ。やー、無理でしょ。普通に。
新しく女もできたしね。

うん、そんな訳で出てってもらったわ。
えっ、その後？
優羽がどうなったかなんて知る訳ないよ。
昔の女が今どうしてるかなんて、アンタだって知らんだろ？
何処でどうなってようと、自己責任って奴だから。それは。
けどさ、死んでんのかも、って思うことはある。最近。

最初はさー、優羽が玄関に置いてた花が何か腐ってんのね。
鉢植えの奴。
誰も水なんかやんねーから、枯れるのは分かるよ。
でも腐んないだろ、普通は。
それですんげー、臭いんだよ。
すぐに捨てさせたけどさ、それでも臭い。
そんでさ、何故か戻ってくるんだよねその鉢。
誰がやってんだか、玄関の外に置いてあるんだよ。いつの間にか。
すっげー迷惑。

その都度捨てに行くんだけど、いい加減疲れたね。
あとさ、腹にさ……あー、これはいいや。ナシね。ナシ。

何かさあ、帰ってくるんだよね優羽が。
いや、帰ってくるって言うか……。
寝てるでしょ、朝方にさあ、何か立ってんだよ。ベッドの傍に。
あれ優羽だと思うんだよね。
あー、実際に帰ってきてるってこともあんのかな？
鍵は返してもらったけどね、一応。
合鍵作ってたってこともあんのかもしんない。
でも違うと思うね。
だって黒いんだよね、何か所々が。アイツの身体が、さ。錆が浮いてるみたいに。
あるだろ、ふっるいドラム缶とかさ。あんな感じ。
臭いし、あの花と同じニオイがするし。
優羽はさ、何か言ってるみたいなんだけど分かんない。
そんで、腕になんか抱いてるんだよ。

多分、あれ赤ん坊なんじゃねーのかなあ。
ヤバいよね。これ絶対ヤバい。
女も出てったしさあ。
まあ、見ちゃったからね。出てくよなあ、アレは。
今出てかれるとマズいのよ、ジッサイ。
セーカツかかってるからさ、こっちも。
でもさあ、あの黒いのって伝染るのかね？
どう思う、アンタ？
腹の辺りが何かどうもね。いや、見せないよ？　ゼッテーに見せないけど、ね……。

当然の理由

新井さんが大学生の頃だった。

彼がバイトしていた飲食店に、若い男が入ってきた。

「コーヘー」と何故か下の名前で名乗る。

年齢は二十一歳で、自分より年上だった。

仕事に入ってみてすぐ分かったが、どうにも使えない。

口を開けば「俺、元々ヤンチャで」が口癖だった。どうも他のバイト生を威嚇《いかく》・威圧したい意図があったようだ。

新井さん自身はこれを「ただのイキった馬鹿」だとしか感じなかった。

そもそも話す内容は全て〈ローIQ〉な感じで、聞くに堪えないのだ。

だから他のバイト仲間と同じく、あまり関わらないという対応をした。

が、何故かコーヘーが新井さんにすり寄ってくるようになった。

休憩時間を合わせて取っては、缶コーヒーなどを持ってやってくる。

相手の話はつまらない。だから適当に相槌を打つしかない。

聞いてもらえるのだとコーヘーは夢中になって話す。

その話に、偶に微妙にドメスティックな内容が紛れ込んでいることに気が付いた。

例えば、コーヘーに子供がいることだろうか。

「俺、高校中退してぇ、その後トビとかやってぇ、色々やってぇ、ホストになってぇ。でも何処も上がムカつくんでぇ、辞めてやったんすよぉ」

結果無職になった。

ホスト時代に付き合った年上の女性と同棲して、何とか糊口を凌いだ。

が、遂に子供ができた。籍を入れることになって大変困った、らしい。

「そしたらぁヨメがぁ、働きに出ろってぇ」

ムカつくっすよね、とそこで話はパチンコの話題へ移った。


次に聞いたときは、子供が死にかけた話だった。

「ガキ、うるせっじゃないですか？　だから泣かせんな、殺すぞ!?　ってヨメに言うんす。そしたら何か知らんけど、ガキぶっ叩くんですよね、ヨメ」

繰り返される虐待で子供が死にかけたことがあり、あわや救急車かとなったが、何とか持ち堪えたので面倒事にならなくて良かったとコーヘーは笑う。

意見すべきだろうが会話を成り立たせるのが、新井さんは厭だった。

黙っていると、今度はスマートフォンのゲーム課金と、通信料未払いの話になった。

それからもコーヘーの妻と子供の話は何度か耳にした。

「ガキがいるから、俺は自由じゃなくなった」

「ガキを殴ると面白いだろうが、それをすると（警察に）しょっ引かれるからやらない」

「ヨメがガキを殴るように仕向けている。そうすれば俺に罪はない。でも子供は静かになる。マジ俺、頭いい」

「ヨメは夜に金払いの良い仕事に出るが、その間ガキをどうしているか分からない。俺も部屋にいないから。でも責任は嫁にあるから俺は悪くない」

完全な育児放棄。ネグレクトだった。

さすがに看過できない。

バイト先の店長へ児童相談所などに相談できないか訊ねたが、何処か及び腰で動いてくれない。なら自分が通報するので、コーヘーの住所などを教えてほしいと進言したが、今度は「コンプライアンスが、守秘義務が」と躱《かわ》される。

コーヘー自身を脅しつけて聞き出すことも考えた。だが、相手は悪い意味で頭が回るタイプだ。逆に何かおかしなことに巻き込まれてしまうことは想像に難くない。

新井さんには打つ手がなかった。


そして遂に聞きたくない言葉を聞く日が来た。

「ガキ、死んだんですよぉ。いや、ガキいないと楽っすね。全部」

一瞬、頭に血が上る。

しかしコーヘーの予想外の台詞にクールダウンさせ、させられた。

「でもぉ、ヨメ、ガキに祟られたんですわぁ」

祟られた？　意外な言葉だった。

そのときだけは、思わず先を促してしまった。

「ああ、ヨメがガキを殺したんですけどね」

妻が上からゆっくりと頭と身体を踏みつけたのが決定的だと、コーヘーは言う。

何故踏みつけたかと言えば、激しく床や壁に叩き付けると階下や隣から怒鳴り込まれて面倒だったから、だった。

「死んだガキはきもちわりぃんで、ヨメに命令して片付けさせましたわ。え？　何スか？　どうしたのか？　知らないっすわ。俺ムカンケーですし」

子供が死に、その遺体を見なくなった翌日から、コーヘーの妻がおかしくなった。

何もない場所を見て怯える──様なことではない。

まず両手両足の爪が、一枚一枚剥げ落ちた。

剥がれるときは全く傷みがなく、気が付くと抜け落ちる寸前になっている。

例えば、煙草を吸おうとライターの火を付けるとき、親指の爪がポロリと取れるらしい。

足の場合は少々深刻な状態になった。

爪がなくなった指が腫れ上がり、膿が吹き出す。痛みで仕事に履いていく靴に爪先を入れることすら困難になった。

それ以前に爪のない両手両足、膿が垂れる爪先では仕事に行けない。

収入がなくなった妻は、部屋で一日中スマートフォンを眺めた。

稀に何処かへ出掛けては幾ばくかの金を持って帰ってきたが、何をしているかは知らない。逆に金が入ればすぐに夫婦のゲームの課金などに消えていった。

そして、ある日を境に妻はおかしなことを口走るようになった。

「どーも、頭の中と胸の中に殺したガキがいて、話し掛けてくるとか」

アタシを殺したママを赦さないって、言うのぉ！　と妻は頭と胸を押さえた。

そして遂には壁や床に頭を擦りつけたり、胸を両拳で叩くようになった。黙れ黙れ、殺してやったのに何でいるんだ、出ていけ！　と言いながらだった、らしい。

「こうなるとベタっすよねぇ。つまんねぇ。そもそも言葉を話せねぇときに死んだガキが喋りますか？　ってとこですよ」

コーへーはゲラゲラ笑う。

「ま、爪の件はアレとして、嫁のネタだとしても祟りっぽいですよね」


数日後、コーへーは明るい顔で店に来た。

「ヨメ、いなくなって、帰ってこなくなりました」

彼は嬉しそうに、俺は自由だと嗤う。

翌日からコーへーは店に来なくなった。

店から貸し出していた制服類は戻ってくることはなかった。


それからコーへーに関する続報はない。

新井さんは何か子供にできたことがあったのではないかと、今も心を痛めている。

山の話

田村君は山登りを趣味としていた。

山登りと言っても本格的な物ではない。基本日帰りでテント泊はしない。低山を選んでいたし、どちらかというとハイキングに近いと言えた。

同じ趣味の友人と行くこともあれば、単独行動のこともある。

それぞれに良さがあるので、彼はどちらも好んだ。


紅葉の季節の、とある休日だった。

その日、彼は単独で山を登った。

快晴のせいか他の登山客も多く、時には登山道に渋滞が起こることすらあった。

ノロノロ進む列を眺めながら、ほんの少しだけ苛立ってしまう。

「……混んでいますね」

唐突に背後から声を掛けられた。振り返ると爽やかな印象の青年がいる。

二十代後半くらいか。自分と同世代に見えた。

「ええ、混んでいますね」

当たり障りのないよう、オウム返しで答える。

「登山日和ですもんね」

青年はオガサワラと名乗った。

その後、何となくオガサワラと同行することになった。

途切れ途切れに会話をしながら、列のペースで進む。

山頂に着いたのは計画よりかなり遅れた時刻だった。

「ああ、山頂も人だらけですね」

オガサワラは苦笑いを浮かべた。

確かにそうだ。何処へスマートフォンのカメラを向けても、人が沢山入ってしまう。

余り落ち着かない上、折角の景色も何となく楽しめなくなった。

軽く水分とカロリーを補給したあと、田村君はオガサワラに「降ります」と告げた。

「なら僕も一緒に降りますよ」

帰りもオガサワラと一緒になった。彼が先導するような形で来た道を下る。

下り始めてから間もなくして、田村君は厭な汗をかき始めた。

動悸《どうき》が激しくなり、軽い吐き気がする。低山なので高山病ではないはずだ。

そもそもこんなことはこれまでで初めてだった。

「大丈夫ですか？　顔が土気色になっていますが……」

後方の異常に気付いたのか、オガサワラが心配そうに声を掛けてきた。

「オガサワラさんは、気にせず行って下さい。僕は、ぼちぼち下りますから」

田村君はオガサワラに迷惑を掛けないよう、先に行ってくれと促した。

しかし彼は傍に来て、道の脇へ連れて行ってくれる。

「ここで少し休みましょう。あと、座ったほうが良い」

言う通り、地面に直接腰を下ろす。短時間の休息なら立ったままが良いのだが、このときはそうも言っていられないほど身体がキツかった。

目を閉じ、下を向いた。荒い息を整えようと深く呼吸する。

下山する人々の囁《ささや》きが聞こえる。病人か？　大丈夫か？　心配する声が多数だった。中にはこんな山でだらしない、等の口さがない言葉もあった。だが、どれに関してもいちいち反応していられない。代わりにオガサワラが対応してくれた。

かなり休んだ後、漸く立ち上がれるようになる。

オガサワラは前を歩きながら、常にフォローしてくれた。

おかげで登山口近くの駐車場まで無事に戻ってこられた。

下に来た途端、身体の調子は元に戻ってくる。

「田村さん、大丈夫ですか？」

オガサワラが心配そうにしている。〈もう大丈夫です、ありがとうございます〉と答えた。

こちらの様子から読み取ったのか、彼は笑顔になる。

「では、僕はそろそろ行きますね」

オガサワラは会釈して、颯爽《さっそう》と歩き出した。

眺めていると、自分の車の近くに駐めてあったエコカーに近付いていく。

（ああ、俺の車の真横に、彼は駐めていたのか）

偶然とはいえ面白いなと感じた。

オガサワラは荷物を車に積むと、再び軽く頭を下げてから乗り込んだ。

彼の車が静かに近付いてくる。

車内から手を振って、頭を下げる様子が見えた。

こちらも頭を下げた。

だが、顔を上げた瞬間、田村君は信じられない物を目にした。

（俺？）

オガサワラの車の助手席に座る、自分の姿だった。

斜め方向からだったが、髪型も眼鏡も、服装も全く同じだ。

写真や鏡で見る自分そのものがそこにいた。

(何で俺が)

オガサワラの車に乗っているのだ。

いや。もしかしたら自分に似ている人物が元から乗っていたのではないか。

しかし、さっき見たときには、車内には誰もいなかった。

忽然と自分が現れたとしか表現できない。

当のオガサワラの様子に変わった所はなかった。まるで隣に誰も乗っていないような素振りであった。いや、本当に何も分かっていない表情に感じられた。

車は加速し、出口へ向かっていく。

やはり助手席には自分らしいモノが座り続けていた。

止まれと叫んだが相手には届かなかったのだろう。車は更に速度を速め、駐車場を出ていった。どうしようもない。呆気に取られたまま見送るしかなかった。

その日を境に、田村君は山に登れなくなった。

どんな低い山でも途中で〈へばって〉しまうようになったのだ。

登山口から少し歩くと、突如気分が悪くなり、歩けなくなる。

例えるなら「電池が切れたようになる」か。

座り込んで休むと回復するので、再度先に進むと同じように体調が悪くなる。

代わりに、山から下りると途端に復調した
元々体力に自信があったから、どうしても納得がいかない。が、何度も同じことが繰り返される。何かがおかしいことは、誰にでも分かるような異変だった。


田村君は思う。

オガサワラに会ったあの日に原因があるのではないか。

車に乗せられ連れ去られた、自分そっくりの何かが関係しているのではないか、と。


オガサワラの車は神奈川ナンバーだった。

神奈川県は田村君が住むところからとても遠い場所にある。

カシンワトゥイ

浅井さんは旅人である。
「バックパッカーというより、旅人っていうほうが自分らしいから」
日本がメインの緩い旅しかしませんしねと謙遜する彼は、現在四十四歳。
精悍な表情を持つ小柄な人物だが、時々顔がスッと翳《かげ》ることがある。
単純な質問を投げかけてみる。——何故貴方は旅を続けるのか？
彼は少し考え込んだ。
「うーん……難しいですね。自分にとって、旅することは自然なものだから」
親が転勤族であったことも、それを助長させているのでしょうと笑う。
親御さんについて訊ねると、彼はあからさまに口が重くなった。
何か事情があるのだろうか。話題を旅についてに戻す。
そこで、彼は様々なことを語ってくれた。
今回は彼がまだもう少し若かった時代のエピソードをここに記そう。

＊　＊　＊

浅井さんが大学を卒業して一年ほど経った頃。
二十五歳のときだった。
彼は旅ばかりしていたせいで、大学を留年していた。
卒業後はフリーターである。
旅費を貯め、目標額になったら出発する。シンプルなやり方だ。
その年の初冬、予定通りに金が貯まった。
更に冬が深まるのを待ってから、彼はまた旅へ出た。
ルートは大まかに決めている。
関東から一度日本海側へ出て、そこから南下し、九州北部へ入る予定だ。
日数は特に決めていない。電車やバス、徒歩でのノンビリとしたものだ。
気ままな旅程であった。

松の内である七日が過ぎてから、旅は始まった。
食べ物や移動費、宿代はできるだけ節約する。

安宿を転々としながら公的機関で移動していくが、さすがに金が掛かる。
日本海側では予想より宿に金が掛かり、予算を圧迫した。
関東へ戻ってもいいが、何となく九州には行きたい気もする。
仕方なく途中から少し急いだ。
島根県を越え、山口県を経由し、九州に上陸する。
初めてではないが、やはり独特の空気を感じた。
戻らずここまで来て良かったと満足感がある。
九州北部を巡りながら、何処かで旅を切り上げるべきだと彼は考えた。
しかしどうも尻切れトンボ感がある。何処か切りの良い所まで行きたい。
(阿蘇まで行こうかな)
ふと思いついた。熊本県の阿蘇まで行って、阿蘇山を見る。
良い考えだと思った。旅の終点として申し分ない気がする。
移動の途中で車一人旅の青年と知り合った。
この青年が阿蘇駅まで車で送ってくれた。
駅前で時計を見ると既に午後に入っている。冬だから日暮れは思ったより早い。
構内で各種時刻表をメモした。

後は阿蘇山だが、どうするか具体的な案が思い浮かばない。

多分、阿蘇外輪山を回るのが良いのだろうが、足（車など）がないのだ。観光バスなどもあるだろうが、お金を使いたくない。

（いや、まずは何処で寝るか。阿蘇山のことはそれからだ）

駅前を見回していると、一台の車が入ってきた。

軽のオフロード車である。

その車は駐車場方面へ進み、止まった。

降りてきたのはどことなく粗野な印象の中年男性だった。

服のイメージは猟師、だろうか。ポケットの沢山付いたジャンパーを着ていた。

男は駅に出入りしては首を捻っている。

ぼんやり見ている訳にもいかない。浅井さんは荷物を背負おうとした。

そのとき、背後から声を掛けられた。

「ほい、どうしたぁ？」

野太い声に振り返ると、あのオフロード車の男だった。

一人旅の途中であり、これから宿泊先を探すのだと正直に答える。

男は曖昧な返事をして、もうひとつ訊いてきた。

「アソば、どうすっ？」

阿蘇はどうする？　という意味であることはすぐ理解できた。

旅行者に観光地を勧める現地の人は多い。

「阿蘇山、阿蘇の外輪山を巡ってみたいのですが」

男はふんふん頷いて、提案してくる。

「じゃったら、今、オイが乗せてやるが」

男は阿蘇の向こうに住んでいると言った。

帰り道に阿蘇の周りを巡ってからでも大丈夫、らしい。

土地勘がないので、そういうものかと納得した。だが、その後、阿蘇山の向こうで宿泊できるところがあるかどうかが問題だ。それも安いほうが良い。

男は事もなげに答えた。

「オイん家ば、泊まればよか」

余りに親切過ぎる。すぐに返事ができなかった。

「金か？　タダど。ただし飯は田舎の食いモンしかねが、耐えられるか？」

男は浅井さんの言葉遣いから、関東出身であることを読み取っていた。

「大丈夫です。逆に迷惑ではありませんか？」

男は鷹揚《おうよう》に頷き、車へ誘った。

助手席に乗り込むと、少し臭いがする。

煙草と加齢臭と、何か獣臭が混ざったようなものだ。

男が自己紹介しながら、駅を出る。

名前はイイボシ。農業と猟師を兼業でしている。

猟期に頑張って獲物を獲って売れば、意外と金になると笑っていた。

車が阿蘇外輪山を巡る道路へ入る。

雄大な自然の姿に、浅井さんは興奮した。使い捨てカメラで写し取る。

男はその姿を見て笑っていた。


阿蘇外輪山から下り、車は更に進む。当然、日が暮れてくる。

こうなると既に何処をどう進んでいるのか分からない。

途中、イイボシが公衆電話で家に電話をした。この時代、携帯普及率は二人に一人以下だったと思う。浅井さんも当時は持っていなかった。

曲がりくねった山道が続く。窓から見える空に月が出ていた。

長い時間、車に揺られている。時計が午後八時を過ぎる頃、イイボシが口を開いた。

「そこじゃっど」

フロントウインドウ越しの闇に、ポチりと小さな光の点が見える。

それから五分ほどして、イイボシ宅に辿り着いた。

思ったより綺麗な、現代的二階建ての住宅だった。

裏手にはもう一棟の家があり、こちらは平屋建てになっている。

こちらからも光が漏れていたから、誰か住んでいるのだろう。

「手前がオイん家」

イイボシが二階建ての玄関に入るなり、大声で叫んだ。

「戻ったがぁ！」

返事しながら女性が出てきた。

年の頃は三十そこそこだろうか。

彫りが深く、東南アジア的な顔をしている。だが日本人のようだ。

「オイん、オカタよ」

オカタとは連れ合いのことを指すらしい。

「この男が浅井っちゅう旅ン人よ」

イイボシの妻――オカタは急な来訪者に微塵も厭な顔をしない。

「よくいらっしゃったねえ」

和やかに招き入れてくれる。イントネーションは完全にイイボシと同じだ。

その晩の食事はかなり美味しかった。

肉を味噌で甘辛く炊いたもの。あと茸と野菜の汁に白米。食後に林檎が出た。

米や野菜はイイボシの田畑で採れたもので、肉は自分で獲った猪だと自慢する。

「都会の人ン口には合わないやろが、これがオイげの御馳走《ごっそ》よ」

猪肉の味噌炊きはかなり濃厚な味で白米を呼ぶ。汁も風味が良い。

あっという間に飯を三杯お代わりしてしまった。

本当に美味しいことを伝えれば、本気で喜んでくれる。

「浅井はここの飯が口に合ったんやが。良いこっよ」

焼酎を勧められ、少し呑んだところで風呂を頂いた。五右衛門風呂ではない、普通の風呂で拍子抜けしたが、それはそれで良かった。

あてがわれた部屋は二階にある四畳半くらいの和室だ。分厚い布団が有り難い。

イイボシは翌朝七時に起こすと言ってくれたので安心する。

旅の記録ノート代わりのメモ帳を取り出し、出会いから食事のことまで書いておいた。

電灯を消し、午後十一時には眠りに就く。

ただ、階下からイイボシとオカタの激しい睦言が聞こえてくるので、少し困ったが。


朝、騒がしさで目が覚める。

まだ暗い時間だ。時計は午前六時前を指していた。

階下へ降りると、イイボシは何事かの準備をしている。

「おう。起きたっか？」

彼が猟の準備をしていることが分かった。

「一緒に行っか？」

言葉に甘えて、同行させてもらうことにした。出発時間は七時半の予定であった。

外は霜が降りており、かなり寒い。

周囲を確認したが、イイボシの家は山で囲まれている。

後ろにある平屋以外は家屋がなかった。とはいえ電柱と電線はあったし、途中からアスファルトで舗装された道路も見えるから、そこまで不便ではなさそうだった。

ふと気になって後ろの家屋について質問する。

「あっちの平屋はどなたか住んでいらっしゃるのですか？」

イイボシは頷いた。

「オイの親二人が住んでるが」

挨拶しなくてはいけないだろう。そのことを頼むが、イイボシは渋る。

「二人とも最近足を怪我して、寝込んじょっ。じゃき（挨拶は）せんでいいぞ」

口調から、怪我をした両親を他人に見せたくないことをひしひしと感じる。

無理強いも良くないので、挨拶は諦めた。

「ちょっ、こっちへ来い」

もう一度イイボシの家へ入る。

テレビや電話がある部屋から更に奥へ連れて行かれた。

そこには、御幣とお供え物が乗った小さな台があった。

後ろには辞書くらいの古い木箱がある。

観音開きの扉があるから、多分神様を祀っているのだろう……が、どうしたことか針金でぐるぐる巻きにされ、更に釘などで開かなくされていた。

イイボシは並んだ四本の蝋燭《ろうそく》に火を点け、線香を灯す。

そして、柏手を後ろ手に四度打った。

「浅井、お前もやれ」

同じようにやったが、最後の柏手を背中側で打つのが微妙に難しい。

イイボシが満足そうに笑う。

「猟の前の儀式よ」

改めて家を出た。昨日の軽四輪駆動の車で山へ分け入っていく。

所々に雪がある。九州も降るところは降るのだ。

道の途中、少し広くなったところに車を停め、そこから歩きになった。

獣道のような山道の入り口でイイボシが立ち止まる。

何事か念仏めいたものを呟いた。よく聞くと、祝詞にも似ている気がする。

イイボシが深く一礼し、山へ入った。

足に自信を持つ浅井さんにもキツい道のりだ。

肩にライフルを担ぎ、長い棒を手に持ち、荷物を背負ったイイボシだが、異様なほど軽快な歩みで先へ進んでいく。

浅井さんはついて行けない。途中、イイボシは足を止めて待ってくれたが、鼻で笑っていた。

「この山を中心にした一帯は、うつが《イイボシ家の》山よ」

かなりの地主と言うことだろうか。

「じゃけよ、ここらにゃ、ダァレも入ってこられん」

イイボシだけの猟場よ、と彼は豪快に笑う。

「じゃけど注意ど。足下と木をちゃんと見ておけ」

声を潜めてイイボシは地面と木の幹を指さす。

地面は分かるが、どうして幹なのか。

「鑑札を貼らな、いかんとよ。でも、これで罠を仕掛けちょっとことが分かる」

見れば確かにそういう物が付いている。

イイボシは猟銃と罠の両方で猟をしているのだった。

浅井さん自身、全く知らない世界なので面白いなと感じた。

それから少し進んだとき、イイボシが静かにしろと指示を出す。

視線の先に、猪がいた。

後ろ足がワイヤー罠に掛かっているようだ。そこまで大きくないが、猪自身が興奮しているせいか、やはりかなりの迫力がある。

「小せが、よかカタの猪《シシ》よ」

嬉しそうだ。

イイボシは手慣れた所作で素早く猪へ近付く。

持ってきた棒を鼻先にかざすと、何かをした。

いつの間にか猪の鼻と口が縛られている。その棒からワイヤーを外し、近くの木に括り付けた。これで猪の動きがかなり制限されたようだ。

イイボシはガムテープを取り出した。

猪の視界の外から一気に距離を詰め、背中に跨がる。

そのままガムテープで猪の口、視界を塞ぎ、四肢を拘束した。

あっという間の出来事だったが、猪は大人しくなった。

そこで初めてイイボシは刃物を取り出す。

刃渡りが長く、厚みがあった。山刀だろうか。

鋭い刃先を猪の喉辺りに差し入れた。

くぐもったような断末魔の叫びが轟く。放置された獲物は失血し、絶命した。

足に掛かったワイヤーを太い枝に掛け引っ張ると、猪の下半身が持ち上がる。

更に足の周辺に切り口を付けた。放血作業だろう。

「この後は内臓抜きをして、肉を冷やしてやらんないかんのよ」

イイボシは木からワイヤーを解き、猪を引き摺り始めた。そのまま来た道を戻っていく。

それにしてもイイボシは力が強い。

手伝いますと言ったのだが、イイボシはそれを断る。

「二人で引くとタイミングが合わんぢ、よけ、余計に手間やわ」

途中、脇道に入った。斜面を下っていくと川が流れている。

イイボシはそこまで来ると、一人でもう一度山へ入った。

程なくして沢山の枝を抱えて戻ってくる。

河原に枝を敷き、その上に猪を仰向けに乗せた。

イイボシがまた念仏っぽいものを唱える。

エゾガキニ、ニホンという言葉が中に含まれていたのが聞こえた。

そして、山刀で猪の腹を割いた。

広がる鉄臭さもだが、腹を開けたとき特有の臭気に気勢を削がれる。鼻の奥にいつまでも残る類の悪臭、だろうか。

出した内臓は別途用意された袋に納められた。

猪本体は改めてワイヤーで結わえ、川へ沈める。

「後からまた取りに来っ《く》。他の罠を見に行っど」

その日、もう一頭猪を捕った。こちらも小柄な猪だった。

更に新しい罠を仕掛けながらイイボシは言う。

「(人の)匂いが付っと意味をなさんから、お前は触んな」

川で冷やされた猪は、イイボシが一頭ずつ背負子《しょいこ》で背中に担いで車に乗せた。

やはり彼は強力だと舌を巻く。浅井さんも挑戦してみたが、やはり無理だった。

全ての作業は昼過ぎに終わり、イイボシ宅へ戻る。

昼餉の準備がされていたが、浅井さんはすっかり食欲が失せていた。

初めてのもんはそういうもんよ、とイイボシはオカタと笑った。

食事の後、休憩を挟んで猪の解体が始まる。

「これからトキクヤシッすっが」

トキクヤシッは解体のことだとイイボシが説明する。

もう見なくて良いと言われたが、何となくと都会育ちの根性なしと言われているような気がして、見学を続けた。

途中、その手際のよさに感嘆の溜め息が漏れる。

想像より早く皮が剥がされ、肉と骨がバラされる。

頭部も綺麗に骨になり、下あごが外された。舌などもタンとして食べるらしい。

最後に脳が取り出された。

後頭部方向から念仏を唱えながら作業したように見えたが、詳細は分からない。

「脳みそは旨《うめ》ど。ここは生《い》くっもんの大事なところやから」

イイボシは舌なめずりしそうな顔で教えてくれた。

残った頭骨は別の木箱に入れられる。何かに使うらしい。標本か何かだろうか。

頭骨を片付けた後、イイボシが問題を出してきた。

「本当なら罠に掛かっとうとこで、（猪の）ビンタ《頭》に、ライフルやら斧どんで一撃入れたら楽やが。でもそれをせん。わざわざああいう殺し方をすっ。なんでか分かるか？」

分からない。

イイボシは鼻で笑う。

ライフルや鉈《なた》、ハンマーなどで猪の頭を殴ると骨が砕け、内出血をする。当然、脳みその味が落ち、余計な弾丸などが残る。だからだ、と教えてくれる。

「あと、ビンタん骨は傷一つないように、せんといかん」

何故なのかと質問すれば、そげんことも分からんのか。都会のもやしは本当に想像力がなか！　と馬鹿にされた。少々癇《かん》に障ったので、そこで訊くのを止めた。

イイボシは意に関せず、話を続ける。

猪をライフルで撃つとき、自分の位置取りが獲物の正面なら目の部分。横なら前足付け根辺り。後ろなら肛門を狙わなくてはいけないと銃を構える真似をする。

「あとよ、山で猿を撃つこともあっが」

猿を見つけたら殺すのがイイボシ家の習わしらしい。

他の猟師は猿はよほどのことがない限り撃たないようだが、彼の家は違う。

「何度かあったけどよ。猿にライフルを向けたら、そいつ、両手を合わせたが」

まるで何かを願うような姿であったが、躊躇せず引き金を引いた。

それがイイボシのやり方だからだ。

「中には子が入っちょる腹を見せるのもいたが。それで撃たれないと考えるのが獣の浅はかさやと、オイは思う」

内臓を分け、洗浄まで終える頃には日が大分傾いてきていた。

「今日も泊まっていけばいいが」

イイボシが誘う。今日の猪のタンや脳みそを御馳走すると笑った。

言葉に甘えたが、さすがに肉に属するものを食べることは固持する。

だが、実際に調理された物を見ると、非常に美味しそうな姿だった。

タンの塩焼き。脳みそのフライ。前に獲った猪のモツ煮込み。

食欲を湧かせる香りだ。イイボシのオカタはかなりの料理上手のようだ。

思わず箸を取ってしまう。

タンは癖もなくコリコリして美味しい。脳みそは高級な食材の味がした。魚の白子などの濃厚さがあり、それでいてしつこさがない。モツはとろりとしていてコク味豊か。旨い旨いと全てを平らげてしまった。

「浅井はたっぷり山の命を喰ったから、オイどの仲間やが」

イイボシは上機嫌だった。昨日と同じく、焼酎を散々勧めてくる。

オカタも何か嬉しそうだ。何度か他の新しい料理を持ってきた。

その中に猪の心臓の塩焼があった。

「これはコウザキちって、シシを獲った者しか喰えん。でも、浅井は仲間やき喰え」

筋肉の塊である心臓は、食べ応えを含めてかなり美味しい。焼き鳥屋のハツなど比べものにならない。猪の心臓は旨いものだと初めて知った。

だが、どういった訳かイイボシのオカタは箸を付けない。

「コウザキは、女は喰えん」

イイボシが教えてくれた。やはり山のしきたりなのだろう。

コウザキを食べ終える頃、上機嫌になっているイイボシが笑い話を始める。

浅井さんも楽しくなり、どんどん杯が進んだ。

その日も前日と同じ時間に床へ着いたが、日中の興奮で眠れない。

酔いはあるのだが、目が冴えて仕方がなかった。

昨日のようにメモを取り出し、様々なことを書いた。

独特の風習や言葉、エピソードを文字とイラストでラフに記す。

夢中で書いていると喉の渇きと尿意が同時に来たので、布団を出た。

階段を下るとき、人の話し声が聞こえてくる。

イイボシの声だったが、平時のような太さがない。

ひそひそとした、内緒話をしている雰囲気があった。

「……いがよ……うん。浅井……」

自分の名前が出ている。良くないと分かっているが、足音を忍ばせた。

炬燵のある部屋、その扉の隙間から光が漏れている。その前で息を潜め、耳を澄ました。

「ヨツアシのフタッに浅井を使うとか？」

どうも電話で話しているようだ。イイボシ家の電話は最新型で、ファックスと子機が着いたものだったと思い出す。こんな所に似つかわしくない家電であった。

「あぁ？　十二、三年しかねちや？　間に合わんちや？」
十二、三年？　干支ひと回り以上のスパンの話のようだ。
「……うん。うん。分かったが。カシンワトゥィの言うごつするが」

カシンワトゥィ？　そう聞こえた。

カシンワトゥィとは何だろう？　人物名か。それとも隠語か。

イイボシが話をまとめるような口調になる。そして最後にこんなことを言った。

「父ちゃん、今日はちゃんとそっちの受話器を置き台に戻しちょきよ。放り投げていると子機の電池が切れて、こっちから掛けても繋がらんが」

イイボシが電話をしている相手は隣の平屋にいる親らしい。

しかし〈ヨツアシのフタッ〉とは何だ。それも自分が絡んでいる？

浅井さんは混乱した。

ヨツアシのフタッ？　それに自分を使う？　もしかしたら猟を手伝わせると言うことか？

やはりコゥザキのような猟師仲間の隠語かもしれない。詳しく訊きたいところだ。

とはいえ、何となく盗み聞きをしてバツが悪いので（聞かなかったことにしないといけない）と判断した。何か頼まれるなら明日、直接話があるだろう。

イイボシに気付かれぬよう、階段を上る。

再びメモ帳を取り出し、書き付けておいた。

〈十三、四年。ヨツアシのフタッ。俺使う？　カシンワトゥィの言う通りする。人物？〉

もう一度寝直そうとしたが、やはり尿意が厳しい。

今度は明らかに起きたぞと分かるように戸を開け、足音を立てて降りた。

が、イイボシがいたはずの部屋は既に暗くなっており、人の気配も消えていた。

用を足していると奥のほうから昨日よりも激烈な睦言が始まったので、慌てて二階へ戻った。


翌朝、やはり早めに目が覚めた。

イイボシに挨拶すると、一瞬だけ返事に間があった。

「今日も罠を見に行くんやが、行くか？」

ああ昨日の電話はやはりそういうことだったのだと納得し、一緒に出る準備をする。

昨日と同じことを行い、猟場まで来た。

その日は率先して色々なことを手伝ったが、途中からイイボシが苛つくのが分かった。

手際の悪さもだが、いちいち教えないといけない手間が原因のようだ。

だから浅井さんは手を出さないようにした。

その日は猪が一頭だけで、他は空振りだった。罠を仕掛けながらイイボシが何度も舌打ちをしたのが強く印象に残る。

その日もイイボシに留意され、彼の家に留まることになった。

しかし浅井さんに対するオカタの態度は何となく冷たい。加えて夜はとても静かだった。

翌日も猟へ連れて行かれたが、今度は一頭の獲物も掛かっていなかった。
イイボシは浅井さんに聞こえるような大きな溜め息を吐くので、居心地が悪い。
戻ったら戻ったでオカタは食事の準備に乗り気ではなくなっていた。
そろそろ帰りますと告げたが、イイボシは首を縦に振らない。
「今晩も泊まれ」
帰路に就くことを半強制的に否定された。
その日の晩も、イイボシとオカタは静かだった。
気になることもあったが、昼間の疲れがあり、浅井さんはすぐに眠りに落ちた。
が、どれほど眠った頃だろうか。
「――よい。よい」
誰かに起こされる。イイボシだった。
服を着ろ、寒いから厚着しろと命令される。
これから連れて行くところがあるから、急げと強い口調だ。逆らえない空気があった。
外へ出れば、まだ星が瞬いているような時間だった。
イイボシが懐中電灯で足下を照らす。
剥き出しの耳が切れそうなほど寒い。

震えていると遠くから甲高い鳥の鳴き声が聞こえる。
ぴっ、ぴっ、ぴっ、ぴーっ。
短いホイッスルのようだ。そんなことを思っていると、イイボシが口に何かを咥えた。
そして〈ぴっ、ぴっ、ぴっ、ぴーっ〉と四度、音を出す。
今聞こえていた鳥の声そっくりだ。
イイボシは細い筒状の笛を吹いていた。
また遠くから〈ぴっ、ぴっ、ぴっ、ぴーっ〉の音が聞こえる。
再びイイボシが〈ぴっ、ぴっ、ぴっ、ぴーっ〉と返した。
ああ、そうか。鳥ではない。これは誰かと笛で交信しているのだと理解した。
今度は別の方向から、違うフレーズの笛の音がした。
イイボシはそのフレーズをそのまま吹き返す。
また別の所から笛が聞こえた。今度はイイボシは全く違う返しをする。
唐突に周囲の山から複数の笛の音が一斉に轟《とどろ》いた。
同時に懐中電灯か何かの明かりがぽつぽつと遠くで振られるのが見える。
何個あるだろう。少なくとも、十はあったと思う。
(囲まれている)

どういう理由があるのか理解できないが、包囲されているとしか思えない。

懐中電灯を振った後、イイボシは無言で浅井さんの肩を小突いた。

先へ行けという指示だった。

誘われた先は、イイボシ宅の隣にある平屋だった。

彼の両親が住んでいる所だ。

玄関に入っても、底冷えがする。と同時に線香と饐《す》えた老人の臭いがした。

橙色の照明が灯った長い廊下を辿っていく。靴下越しに冷えが伝わって辛い。黒光りした板を歩く度、木の軋みが響く。

辿り着いた先は仏間だった。

蛍光灯は点いているが、何となく薄暗い。雰囲気に呑まれているせいか。

大きな仏壇とずらり並んだ遺影が旧家然としており、よくあるビジュアルだなと思う。

仏壇には四本の蝋燭と、数本の線香が灯されていた。

イイボシがするように、線香を強要される。

立ち上がると仏間から玄関側へ少し戻った。

廊下の途中から入った先は、大きな畳敷きの座敷だった。

位置的に家屋の中央かもしれない。

寒々とした空間は天井板がなく、太い梁《はり》が剥き出しになっていた。その梁に括り付けられるように裸電球の電灯が幾つもぶら下がっている。

多分上座になるのだろう。そこには床の間があった。

そこに設えられた物に、思わずギョッとしてしまう。

まず、床の間には三幅の掛け軸が下げられている。

画ではなく書だ。真っ黒な墨で荒々しい。

草書体なのか、どれも全く読めない。

その前に大きな白い布が敷かれており、上に猪の頭骨が三つ置かれている。

しかし何となく数が足りないように思う。

布の面積と空きスペース、置き方から考えて、少なくともあと五個は置けるだろう。

わざとそうしているのか。それとも違うのか。

頭骨の後ろには小さな祭壇がある。

その上には御幣と灯明とともに、あの針金が巻かれた木箱があった。

その木箱と頭骨らをバックに、三人の人間が座っていた。

奥に年老いた男女が一人ずつと、手前に若い女だ。

男女はイイボシの両親だろうか。

防寒着に身を包み、片足を前に投げ出すようにして座布団に座っていた。

それぞれ眼光鋭く、生気に満ちあふれている。

相反するように女性は萎れたように項垂《うなだ》れている。

髪型も服も年相応の物だが、やたらと背を丸め、畳の上で直に膝を揃えている。

浅井さんは彼らの前に立たされた。

年老いた男女が静かに口を開いた。

「……おい。サトル。こりゃダメぞ」

サトル——イイボシが口を開く。

「うん。オイもそう思う。シシが獲れんごとなった。父ちゃん達もそう思うか」

男女——イイボシの両親は深く頷いた。

「コイツは目がダメぞ。あとシタバッのハリがネッ。マブがネッ」

そして横にいる女性を指して、このメコは使ゆることがハンジられたが。だからこのまんまコが。コぐヒニッは限られているから、等そのようなことを口にする。

言っている意味が分からない。

イイボシに訊ねようとしたが、何か口を挟める空気ではなかった。

「どげんするか？」

老夫婦にイイボシが訊ねる。
うんと唸って、夫婦は何事かを相談し合った。
「ヨツアシのフタッはヒトッあっと。じゃかい、またチッじょ」
そして二人後ろを振り返り、念仏のようなものをウンウンウンと唸り出した。
途端にあの木箱がガタガタと揺れ出す。
若い女性がギョッとした顔で振り返った。
木箱から音が響いた。
内側で何かが暴れているような音だ。全体の振動もそれと連動しているように見える。
(何か仕掛けがあるのか)
目を凝らそうとしたとき、イイボシに強く腕を引かれ、そのまま連れ出される。
後ろから念仏と女の泣き叫ぶ声がしたが、途中でぴたりと止んだ。
イイボシの家の前まで来ると、腕を放される。
「おい。荷物をまとめてこい」
言われるがまま準備をしていると、外からまたホイッスルの音が沢山聞こえた。
さっきはなかったパターンの音だった。
荷物を手に玄関の外へ行くと、そのまま車へ押し込まれる。

運転を始めたイイボシは一言も口を利かない。
何度も何度も苛ついたような態度で煙草を吸う。
どういうルートを通ったのか分からないが、明るくなる頃には太い道路に出ていた。
やることはない。沈黙が辛い。
浅井さんはメモ帳にメモを始めた。
夜中にあったことを、意味不明の単語を中心に図と一緒に記す。
もちろんイイボシの目に触れないように、だ。
〈シタバッのハリがネッ。マブがネッ〉
〈メコ。ハンジ。コが。コぐヒニッ〉
〈ツアシのフタッはヒトッあっと。じゃかい、またチッじょ〉
ヒアリングした通りに書き、できるだけ会話も思い出して復元しておいた。
何かを書いていることを勘づいたイイボシは何度も舌打ちを繰り返す。
そのまま進み続けると国道三号線という標識がある。
結果、熊本駅に着いた。
イイボシがぶっきらぼうに言った。
「お前、何か書きよったが。記録したっか？」

首を振る。だが嘘だと分かっているようだ。

「何も詮索すんな。オイゲを探すな。そしてこのことを誰にも漏らすな」

漏らしたら、カシンワトゥィが行って、お前の手足を、四肢を喰らうが。四肢を喰ろたら、次は中身。次は脳みそやが。

「カシンワトゥィはオイのように優しくはねど」

そうイイボシは脅しつけてくる。

どういうことか分からない。そもそもそんなことで人の口に戸が立てられるものか。

少し反骨心が湧いてきたとき、イイボシが厭な笑いを浮かべた。

「まあ、お前はあのシシば喰った。だからもうオイどの仲間やが。逃れられんぞ」

目が爛々と輝いている。気色が悪い。

ただただ、頷いて車から遠ざかるしかなかった。

駅構内に入って振り返ると、車に乗ったままイイボシはそこにいた。

獲物を見るような目でじっと浅井さんを睨み付けている。

何台かの車にクラクションを鳴らされていたが、我関せずだ。

その視線から逃れるべく、浅井さんは駅へ駆け込んだ。

＊　＊　＊

あれから二十年近くが過ぎた。

「今も分からないことは多いですけどね」

浅井さんは苦笑いを浮かべる。

訊くべきことは沢山あった。

彼が新たに書き起こしてくれたメモの内容に出てくる数々の単語だ。

彼自身も調べてみたらしいが、完璧な回答は見つからなかった。

幾つかはこう言う意味ではないかと想像できた物もあるが、正解かどうかも分からない。

確かにそうだろう。

何となく、昨今人気を博したコミックに出てくる〈アイヌ語〉の雰囲気を感じた。

そのことを指摘すると、浅井さんは否定する。

「実際耳で聞くと、九州の響きです」

彼がヒアリングしたままを文字にしていると言う。

試しに再現してもらうと、確かに九州北部から南部に掛けての響きがあるように思う。

でも本当の言葉と少し違うかもしれないと眉を顰めた。

「そもそもイイボシとそのオカタの訛りって、熊本と福岡、宮崎辺りがミックスされたような感じでしたよ。時々分からなくて何度も聞き返しましたけれど」

話すうち、ふと〈何故イイボシは浅井さんを連れて行ったのか〉という疑問が湧く。

「何となくですが、連れて行ってもすぐ騒ぎにならない、問題にならないような一人旅の男だから、イイボシに目を付けられたのかなと思います」

ただし、と彼は言葉を繋いだ。

「あれだけ口止めしたいなら、僕を殺して良かったんですよ」

あんな山の中、人間一人くらいなら殺しても見咎《とが》める人間はいない。

加えて、あの猪の解体技術があれば、すぐに遺体の一つ位バラせるはずだ。

その後、イイボシ家所有の広い山に埋めてしまえば証拠隠滅もできる。

「それをしなかった。ということは、できない理由があったのかなとも思うんです」

そういうものだろうか。

では、彼が連れて行かれたイイボシの家はどの辺りにあるのだろうか。

「それが、分からないんですよ」

熊本県の阿蘇駅でピックアップされたことは確かだ。

そのまま阿蘇外輪山を見て回り、山を下った後、山道へ入った。

アップダウンと綴れ織りのカーブが続き、途中から標識もなくなった。

更に太陽や月、星の位置、山の稜線などで大体の位置を掴む術を使っても、どうしてもここだと断定できないという。

実は使い捨てカメラでイイボシ家などを撮影していたが、戻ってから現像すると予想外な状態になっていた。

エラーで感光したという訳ではなく、どうもおかしかったと彼は首を傾げる。

まず、カメラを購入してから撮影したのは、北九州から阿蘇外輪山までの風景や人物写真である。これは当時のメモにも残っている。

しかし現像してみると全てがピンぼけや激しい手ぶれになっている。

しっかり写っているのは青空に白い雲だが、そんな物を撮影していない。

そしてイイボシ絡みの写真になると、更に分からない写真になっていた。

殆どが一面肌色や焦げ茶色の写真だった。

それでも当時の証拠である。ネガごとミニアルバムで保管をしていたが、五年経たない内に黴が生えた。何故かネガも所々が虫に喰われたような穴が空き、使い物にならない。

「だからという訳でもないのですが、もう一度九州へ行きました」

レンタカーを借り、阿蘇駅から阿蘇外輪山コースを通り、更に南下する。

しかしどう進んでもイイボシの家は見つからなかった。

それどころか途中途中でハンドルが取られて何度も山道を落ちそうになった。

平坦な道なのに、何の障害物もないのに、崖方向へタイヤが向くのだ。

何度もギリギリの状態で事故を回避した。

「ああ、何かにヤラれている。もう今回は無理だと、諦めました」

浅井さんは少し自嘲気味だ。

「そして今も分からないのが、カシンワトゥィの意味ですけどね」

彼はカシンワトゥィの響きが現代の言葉に聞こえなかったと振り返る。

昔から伝えられたもので母音と発音そのものが違うような、そんな物だ。

彼が耳で聞き取れたことを辛うじてカタカナにしただけであり、こちらも表記的には間違っているだろうと彼は予想している。


そこまで話し終えて、浅井さんは観念したような顔になった。

一体どうしたのだろうか。

「実は、この話をしたのは初めてではありません」

一度目は彼が二十代を終える頃。

短期間付き合った女性に寝物語として話した。

かなり誇張して、冗談めかして、それでいて核心部分はそのまま、何の加工もなく。

その後、喧嘩別れをした。

が、その直後、浅井さんは右足の膝から下を失った。

バイクの単独事故で、だ。

制限速度以下でまっすぐ走っていたとき、右足の膝から下に灼けるような激痛が走った。

思わずブレーキを掛ける。瞬間、左横から強い衝撃を受け、宙を舞った。

クルクル回る視界の中、何かが横切った。

路面に身体が叩き付けられ、倒れてくるバイクに右足が潰される。

全身の激痛で何もできない。

幸いと言うべきか、後続車がいなかったので二次被害は起こらなかった。

現場検証では独り相撲、単独事故と判断された。

次に旅先で知り合った男性に話した。

事故後から何年も経ち、漸く旅が再開できた頃だ。
島根県の出雲大社近くでその人物と知り合った。
自分と同じくらいの年齢で、彼も一人旅好きだった。
旅は道連れと夜一緒に食事をしていたとき、話題に出した。
こちらは核心部分以外を削り、概略であった。彼女のときのことも伏せている。
何故そんなことを語って訊かせようと思ったのか分からない。
魔が差したとしか言いようがない。
その旅から戻って、今度は左手を複雑骨折してしまった。
右足を踏み外して階段を転げ落ちたとき、おかしな受け身を取ったからだ。
転落するとき、視界の端に黒いモノがサッと横切った——ような気がした。
しかもこのとき、右膝から先を、何かに引っ張られたような感触があった。
義足であるにも拘わらず、確かに感じたのだ。
左手は完全に使えない訳ではないが、不自由になった。
「——本当にカシンワトゥィが四肢を喰いに来たのかなって」
冗談を言っている顔ではなかった。

「まあ、そのカシンワトゥィって、何だ？　って話ですけれどね」

彼は「見て下さい」と右足の裾を、右手で捲る。

義足がそこにあった。

改めて考えてみれば浅井さんは左手を余り使わない。

「ゆっくり歩けば旅はできます」

義足と左手のせいで旅路が辛くなったことは確かだと、彼は真剣な面持ちで喋り続ける。

でも、止めるつもりは毛頭ない。

「しかし、また話したから。次は左足か右手か。どっち（が喰われる）か分かりません」

彼が邪気のない顔で笑って言う。

「四肢の次は内臓。内臓の次は脳みそ、ですけどね。どうなることやら」

そのとき、何かを思い出した顔になる。

そう言えば、とメモを指さす。

「イイボシの言っていた、十二、三年って、何だったのでしょうか」

　平成が終わった頃、浅井さんはまた、イイボシの家を探しに行く――。

あーっ！　お客様！　困ります！

久弥《くみ》さんは都下のロードサイドにある、大手のリサイクルショップにお勤めである。

扱い品目はＤＶＤ、ＢＤ、ビデオテープ、ＣＤ、レコード、楽器、カメラ、オーディオ機器など多岐に亘る。機材の買い換えに伴う下取りや、不要品などが都度都度に持ち込まれ、これを査定して買い取るのである。

ある日、年代物のカメラが持ち込まれた。

「こちら、お幾らになりますかねえ」

二人が差し出したカメラを「拝見します」と受け取った。

持ち込んだのは品のいい老奥様とその娘さんと思しき二人組である。

「これ、夫が大事にしていたものではあるんですが、私達には価値が分からないので」

なるほど、二人ともおよそカメラ弄りを趣味とするようには見えない。

「余り高値は付けられないかもしれませんが、よろしいでしょうか」

「……それならそれでいいんです。欲しい人がいたらどなたかに上げて下さい」

どうやら、資産的価値を求めているというよりは、処分に困って持ち込んだという風だ。

型式を調べていると、バックヤードから出てきた店長が声を上げた。

「あーっ！　お客様！　困ります！」

店内で騒いだり、品物を乱暴に扱ったりする困った客に注意するのに声を荒らげてしまうことはままあるのだが、店長の怒声は久弥さんにも向いた。

「久弥さん！　カウンターにお客様を入れたら駄目だろう！」

カウンター内にはレジや機材、現金などもある。勝手に入ってこられては困る。

慌ててカウンター内を見ると、老人男性が入り込んでいた。

男性はがっしりと腕を組み、眉を寄せ口を尖らせて「そのカメラは売らないぞ！」と頑張っている。

ははあ、なるほど。

カメラを売りに来たお客様は奥さんと娘さん。そして、カウンター内に入り込んだお客様はその旦那さんであったようだ。

「大体な、そのカメラは買ったときに三十四万もしたんだ。三十年前の三十四万だ。レンズとボディ合わせてだがな、とにかく高かった。二束三文の捨て値で売っていいカメラじゃないんだ」

なるほど、老奥様の言葉通りカメラは旦那さんの趣味のようで、これまた強い拘りをお持ちであるようだ。

旦那さんはカウンターとその上に載ったカメラを挟んで妻子と対峙しているのだが、奥様と娘さんは旦那さんの主張に耳を貸す様子は全くない。

店長が旦那さんに声を掛けた。

「お客様、まずはカウンターの外にお願いできませんか」

しかし、旦那さんはカウンターの中に陣取ったまま出ていこうとしない。

見かねて、久弥さんは店長に耳打ちした。

「あの、店長……こちらのお客様、透明なんですが……」

「え？　とうめい？　……あ。おう」

〈透明〉と言われて、店長は咄嗟にその意味を察した。この店内でのみ通じる店員同士のとある暗喩である。

久弥さんは続けた。

「多分、このままでは旦那さんも納得されないと思うので、査定内容を店長から御説明いただけませんか。正直に言えば分かってもらえると思います」

拘りの強いお客様ではあるけれども、誠意を以て当たれば話が通じないということはなかろう。多分。

店長は、奥様と娘さん、特に旦那さんに向けて説明を始めた。

「こちら、大変いいお品物なのは確かです。三十四万円なさったということですが、これは当時の定価ですね。御購入当時は相当な値打ち物だったとお察しします。旦那様が長年愛用なさってきたということでしたが、こちらレンズ内部に黴が入ってしまっております。黴はカメラ、レンズの大敵ですが、これが入ってしまいますと製品価値が大きく損なわれてしまいます。このため購入時定価には大分及びませんが、買い取り価格はこちらのレンズとボディ合計で三万円となります。御納得いただければ幸いです」

旦那さんは店長の査定説明に目を輝かせた。

「なるほど、ここの店長は価値ってもんをよく分かってるじゃないか。そうなんだよ。新型が出て、型落ちになったときはやったーって思って買ったもんだ」

どうやら、この査定額は旦那さんにも御納得いただけたらしく、いちいち頷く。

「ここはなかなかいい店だな。俺も定年を過ぎたし、第二の人生をこの店のバイトとして過ごすのもいいなあ」と、セカンドライフの計画を独りごちている。

そんな旦那さんの思いを知ってか知らずか、奥様と娘さんは買い取り査定額が予想外だったようで、素直に喜んでいた。

「あらまあ。三万円も頂けるんですか。二束三文で値が付かなくても仕方ないかと思っていたのに」

「お父さんのカメラ、ゴミに出さずに持ってきて良かったねえ、お母さん」

ホクホク顔の奥様に買い取り金を渡すとき、カウンター内に居座っている旦那さんにも声を掛けた。

「これで買い取りは完了です。お客様――奥様と娘さんがお帰りになりますよ。今、一緒に行かないと仏壇に戻りづらくなると思うので、お急ぎ下さい」

そう伝えると、旦那さんは満足そうに「うむ」と頷き、カウンターから出てきて、奥さんのバッグのベルトにぴったり吸いついた。

そして、ベルトに張り付いたまま、妻子と一緒に店を出ていった。

透明なお客様――これは、この世のものではないお客様を意味する。

これらの少々特殊なお客様は、こうした遺品買い取りのときなどに品物に憑いてやってくることが多々ある。遺族は故人が買い取りに同行していることには微塵も気付かない。

そして同行しているのに家族に無視されているお客様が、透明であるのかどうかもすぐには気付けないのだが、大抵は拘りの品を家族が無理解に手放すことについて、文句、言い分や一家言をお持ちのようで、透明なお客様の側から店員に話し掛けてきて判明する。

いつもなら、店内でそれに気付くのは久弥さんくらいなので、「透明なお客様、お見えでした」と後々報告する程度だった。

が、今日のお客様は並々ならぬカメラへの拘りがあったようで、同じくカメラに詳しい店長もそれと気付けたようだ。

「……しかし、透明なお客さんがこんなにはっきり見えて話もしたの、初めてだよ」

店長はそう言って額を拭った。

捻じれ

大窪さんがまだ十九の頃、初めて付き合った女性がいた。

「付き合うって言ってもさ、清い関係だよ？」

彼女は離れたところの大きな家に住んでいた。

自転車を飛ばして四十分。隣町の坂を上がったところ、長い長い生垣に囲まれた屋敷であった。

「どういうんだろうな。学生でも、働いている訳でもなくって。でも会える時間は限られていた」

週一度だけ。

木曜の夜だった。

「九時。それが約束だった。まぁ正確に九時って訳でもなかったけど」

坂の下に小さな公園があった。

その公園で自転車を降り、待つ。

田舎である。

街外れであったから、九時ともなれば人通りも絶えていた。

寒かった。

そこから坂の上の家を見上げた。

二階の部屋の窓だ。

そこに明かりが灯れば、それが合図だ。

大窪少年――少年というほど幼くはなかったが、敢えてそう呼ぶ――は明かりが点くのを待った。


「出会ったのは町だったよ。その年の七月、酷い夕立が来てさ、急いでたらチャリで思いっきりコケて。そこを助けてくれたのが彼女だったんだ」

彼女は傘を貸してくれた。

「彼女は『もう一本あるから』って言うから借りたんだけど……今にして思えば彼女のアレ日傘だったな。まぁ、俺はそんなこと気付かず、雨傘のほうを借りて、必ず返しに行くって住所を訊き出したんだ」

そうして二人は会うようになった。

彼女は自分のことを何も話さなかった。

大窪少年も、自分のことなど何も語ることはない。

「高校の友達は大体新生活を始めてて。俺は素浪人、それも宅浪だよ。俺だけ取り残されたみたいになっててさ」

将来のことなどを相談した。

彼女は自分の話こそしないが、親身になって答えてくれた。

「今でこそ本当に助けられたって思うが、当時は高校出たばかりのボーイだったからな。俺は、今日こそはって思ってさ」


彼はその日も念入りに歯磨きをしてきた。

夜の公園で自転車に跨がっていると、ふと気付いた。

質素な公園である。

街灯も立っているが壊れているのか一度も点いているのを見たことがない。

そのすぐ奥に、申し訳程度の遊具が見えた。

何のことはない、小さな滑り台とブランコだったが、妙に気になった彼は暗闇に目を凝らした。

二つ並んだブランコの左側が、奇妙に捻じれているのである。

ブランコの鎖の左右が寄り合わさって全体がキュッと締め上げられている。

「ガキの悪戯だろうな、とそのときは気にも留めなかったんだよ。何せこっちは週に一度の逢瀬だ」

そのときは、である。翌週になると少し事情が変わった。

「ちょっとした用事ができて、彼女に会う日の夕方にそこを通ったんだよ。親の運転する車でな、俺は黙って外を見てたんだが、そのとき、公園のブランコは何でもなかったし、あの街灯も点いてたんだ」

だが、その日の夜、彼が公園に着くとまた街灯は消え、ブランコはキリキリと締め上がっていたのである。

「……ちょっと不気味だなと思ってさ。ブランコを解いたんだ」

ブランコは何かで固定されていた訳でも、編み込まれていた訳でもなかった。

ただ寄り合わさっていただけで、少し触れただけで簡単に解れて元に戻った。

「ガキの悪戯にしては手間が掛かっているな、とね」

彼が幾ら真似してみても、同じようにはならなかったのである。

翌週も、そのまた翌週も、ずっとそれが続いた。

雨の日も風の日もである。

ある週、いつものように公園で待ち合わせし、自転車の後ろに彼女を乗せて走った。走りながらいろんな話をし、橋や河原や、コンビニにも寄った。

もうこの街で、彼女を乗せて走っていないところはないかもしれなかった。

公園まで彼女を送り届けたとき、ふと気になって訊いてみた。

「あのブランコさぁ、いつも捻じれてるんだけど、何だろう？」

彼女は何も知らないと答えた。

答えを期待した訳ではなかったから、彼もそれ以上は何も訊かなかった。

そしてそれが、彼女と会う最後になった。

「翌週な、いつも通り待っていたんだけど、一向に二階の電気が点かない。何かあったんじゃないかって思って」

その晩、ブランコは捻じれていなかった。

どれだけ心配しても、家の玄関を叩くことはできない。

それは絶対の約束だったのだ。

「彼女は一切、自分のことを話さなかったから。最初は大人はそういうもんだと思ってたけど、薄々そうじゃないと悟った。何か絶対、話せない訳があるんだって」

門扉の外から見るだけ。呼び鈴は押さない。
そう決めて彼は正面に回り込んだ。
立派な門の向こうに真っ暗な母屋がある。
彼女はおろか、家に誰もいないようであった。
彼は自転車に乗って自分の家に帰った。
それっきり彼女とは会えなくなった。

「俺は本当は大学に行くの迷ってたんだけど、彼女が行けって言ってたから。俺は夢中で受験勉強したよ」

それでも時折彼は木曜の夜に自転車に乗って彼女を迎えに行った。
「気恥ずかしいが」と前置きしつつ、二階の電気が点かなくとも、彼はそのまま一人で街をサイクリングしたのだそうだ。

時は流れた。

大窪さんは結婚し、男の子を授かっていた。

「子供も幼稚園に通うようになってたしさ、何となく、俺の故郷を見せたくなって」

車を運転し、昔とさほど変わらない景色を見ていた。

子供は車でドライブというだけで喜んでいた。

ふと、あの公園に差し掛かった。

大学に合格した彼は上京し、その後殆ど故郷には戻っていなかったのである。

「もちろん彼女のことは、妻にも話してないよ。まして子供になんか。懐かしいなと思ってゆっくり車を流していたらさ、彼女の家で葬式やってるんだよ」


大きな生垣に沿って延々と続く鯨幕。ぽつぽつと並んだ花輪。

サッと血の気が引いた。

子供の声が耳に入らない。

厭な予感がした。

公園の前に車を停めて、子供に少し待っているよう告げると、大窪さんは坂を走った。

紛れもなく、それは葬式であった。

見えるところには、数名喪服の年寄りがいるだけだ。

受付にも誰もいない。尤《もっと》も、誰かいたとして「誰が亡くなったんです？」とは訊けない。

門から奥をちらちら窺っていると、年寄りの一人がこちらに気付いて、怪訝そうに寄ってきた。

「……もしかして、春子さんのお知り合いですか」

春子。

彼女の名ではなかった。

「いえ、こちらに昔お世話になった人がいて」

「おや。いつのことです」

「二十年前です」

「……すると旦那さんかな。青年会の方で？」

「いえ、初美さんと言いまして」

暫く年寄りは「ううーん」と空を見上げていたが、やがて首を傾げながら別の年寄りに訊いた。

「初美さん、亡くなったのいつだったたろうね」

「馬鹿、この！　やめろそんな話」

そう別の年寄りが怒鳴った。

彼女は、亡くなっていた。

「いつですか」

大窪さんは愕然とする思いでそう訊いたが、年寄りは渋面を作った。

「事情がおありのようだが、今日はこの通り、春子さんをお送りして皆偲《しの》んでおります。御参列でないなら、今日のところはお引き取りくだせ」

大窪さんはすごすごと車に引き返した。


車に戻ると、子供が「お父さん！」と何か言いた気にしていた。

どうしたのかと訊くと、さっき車に、大窪さんを訪ねてきた者がいたのだという。

「女の人だった」

どんな人かと訊くと、「うーん、先生と同じくらいで、髪の長い人」と言う。

幼稚園の先生はまだ二十代だったはずだ。

心当たりはあった。だが、そんなはずはない。

「何処へ行った」

あっち、と子供が指さした先に、公園のブランコがあった。

その左側のブランコが、捻じれて締め上がっていた。

「その女の人、『ありがとう』って言いたそうだったよ」

「言った？　そういう風に？」

「言わなかったけど」

何だよそれ、と思いつつも――。

「なら良かった」と、彼はそれだけ言った。

あとがきに代えて

実話怪談の一年の始まりは「超」怖い話から――という日本の新習慣が生まれたのは、「超」怖い話が竹書房で甦った二〇〇三年の一月からで、今年で十六年目になります。僕が数え間違えていなければ、所謂夏冬刊行のナンバーズ版は勁文社版時代からの分を合わせて通巻で四十四巻目。これを四人で紡ぐことで、四に四を三度重ね、死と死が重なる怪談本としては忌むべき記念巻、と言えなくもない本巻と相成りました。

これだけ数が増えるとコレクターズアイテムとして過去刊も全部揃えてみたくなるのではとは思うんですが、竹書房版はほぼ全てが電子化され、勁文社版収録の怪談は竹書房から出たクラシック・ベストセレクションなどでフォローされているなど、汗水垂らして古本屋巡りをせずとも一揃い集められるようになりました。よい時代になったものです。

勁文社版から含めて過去刊全ての各話タイトル、著者名、収録巻、内容などを集めたデータベースをちょいちょい整備しているんですが、未だ完成を見ず。親愛なる怪談ジャンキーの皆様からの御要望に恵まれれば、いずれかの機会に開陳したいものです。

加藤　一

巻末言

本書は平成最後と、二〇一九年初を飾る、「超」怖い話です。

と言いつつ、特別扱いはしません。いつも通り、全力を尽くす。それだけです。

その結果、気が付くと一人で一冊半以上に及ぶ原稿が完成しました。恐しや。

因みに今回の仕事中、〈半身〉が拙《まず》いことになりました。御注意ください。

さて。少々裏話ですが……私は体験談を取材した時点で〈普通の「超」怖い話と私の単著版「超」怖い話、どちら向けか？〉を判断し整理しています。ストック全体の割合は普通が三、単著が七程度。差別ではなく、それぞれに求められるものが大きく違うためです。

今回書いた一冊半分の原稿も、普通の「超」怖い話向けから選んだ話となります。

当然ですが、涙を飲んで見送った貴重な話も沢山残っています。

もちろん、七割ある単著向け体験談には一切手を付けておりません。

全て早々に皆様へお届けしたい話ばかりです。御期待くだされば幸いです。

では、読者様、並びに協力してくださった諸兄姉に感謝しつつ。

久田樹生

あとがき

明けましておめでとうございます、とは随分遅めの新年の御挨拶ですが、本年もよろしくお願い申し上げます。

今季は早々と冬めいて、師走から厳しい寒さが続いております。風邪などひかぬよう、御自愛くださいませ。

筆者は毎度暑いだの寒いだのと書いてばかりいるなと思いましたところ、夏と冬、厳しい季節に「超」怖い話を書いてるからなのですね。

「犬の話が少ない」「羊の話がない」とは毎年言われていて心苦しいのですけど、今年も僕のところには生憎と猪に纏わる話がなく、ならばせめて少しでも冬らしい話を、と苦慮いたしました。

そういうわけで、今回は幾分ウェットな話を選びました。空気も乾燥しておりますので、僅かなりともページを捲る皆様の指先が潤いましたら、冥利に尽きる思いです。

今年も皆様の、実りと怪異の多きをお祈りしてあとがきと代えさせていただきます。

深澤　夜

あとがきという名の駄文

今回もまた新たな恐怖を皆様にお届けできる僥倖《ぎょうこう》に恵まれたことを嬉しく思います。

本作「超」怖い話 亥に掲載すべくいつも通り取材活動に励んでいましたが、今回は予想を遙かに上回る様々な怪異に出会うことができました。

私の場合、複数回怪異を経験された方のお話にはあまり縁がありませんでしたが、今回ばかりは違いました。ホント、大漁です。

ですが、何せ超の付く遅筆の私では、亥の締め切りに到底間に合いません。

そんなこんなで、錆び付いた脳内をフル回転させても、今回はほんの数編しか御紹介することができませんでした。

と言ったわけで、あくまでも機会があったらの話にはなりますが、これらの貴重な怪異体験を皆様に御紹介できる日を心待ちにしています。

それではまた、皆様にお目に掛かれる日を手薬煉《てぐすね》引いて待っております。

二〇一九年一月　渡部正和

本書の実話怪談記事は、「超」怖い話 亥のために新たに取材されたもの、公式ホームページに寄せられた投稿などを中心に構成されています。
快く取材に応じていただいた方々、体験談を提供していただいた方々に感謝の意を述べるとともに、本書の作成に関わられた関係者各位の無事をお祈り申し上げます。

「超」怖い話公式ホームページ
http://www.chokowa.com/
最新情報、過去の「超」怖い話に関するデータベースなどをご用意しています。

「超」怖い体験談募集
http://www.chokowa.com/post/
あなたの体験した「超」怖い話をお知らせ下さい。

「超」怖い話 亥《い》

2019年2月4日　初版第1刷発行

編著者　加藤 一
共著　久田樹生／渡部正和／深澤 夜
カバー　橋元浩明（sowhat.Inc）
発行人　後藤明信
発行所　株式会社　竹書房
〒102-0072　東京都千代田区飯田橋 2-7-3
電話 03-3264-1576（代表）
電話 03-3234-6208（編集）
http://www.takeshobo.co.jp
印刷所　中央精版印刷株式会社

定価はカバーに表示しています。
落丁・乱丁本は当社までお問い合わせください。

ISBN978-4-8019-1741-5 C0193